ÉTONNANTS • CLASSIQUES

CONTES DE VAMPIRES

Présentation, choix des textes, notes et dossier par
STÉPHANE DESPRÉS,
professeur de lettres

Flammarion

Le fantastique
dans la collection « Étonnants Classiques »

BRADBURY, *L'Heure H et autres nouvelles*
L'Homme brûlant et autres nouvelles
BUZZATI (Dino), *Nouvelles étranges et inquiétantes*
CHAMISSO, *L'Étrange Histoire de Peter Schlemihl*
Contes de vampires (anthologie)
GAUTIER, *La Morte amoureuse. La Cafetière et autres nouvelles*
GOGOL, *Le Nez. Le Manteau*
HOFFMANN, *L'Enfant étranger*
L'Homme au sable
Le Violon de Crémone. Les Mines de Falun
KAFKA, *La Métamorphose*
LE FANU (Sheridan), *Carmilla*
MATHESON (Richard), *Au bord du précipice et autres nouvelles*
Enfer sur mesure et autres nouvelles
MAUPASSANT, *Le Horla et autres contes fantastiques*
MÉRIMÉE, *La Vénus d'Ille*
Monstres et chimères (anthologie)
Nouvelles fantastiques 1. Comment Wang-Fô fut sauvé et autres récits
Nouvelles fantastiques 2. Je suis d'ailleurs et autres récits
POE, *Le Chat noir et autres contes fantastiques*
POUCHKINE, *La Dame de pique et autres nouvelles*
SHELLEY, *Frankenstein*
STEVENSON, *Le Cas étrange du Dr Jekyll et de Mr Hyde*
STOKER, *Dracula*
VILLIERS DE L'ISLE-ADAM, *Véra et autres nouvelles fantastiques*
WILDE, *Le Fantôme de Canterville et autres nouvelles*

Édition revue, 2013.
ISBN : 978-2-0813-0315-7
ISSN : 1269-8822

Malgré le soin apporté à cette édition, l'éditeur n'a pu retrouver trace des ayants droit de la traduction du texte de Luigi Capuana. Nous espérons que cette nouvelle parution leur permettra de se faire connaître.

SOMMAIRE

Présentation........................ 7

« Vampires et vampirisme » : des origines à l'archétype 8
Épidémie vampirique au siècle des Lumières 11
Histoires fantastiques de vampires au XIXe siècle 14
Du vampire romantique au vampire sentimental 19

John William Polidori, ***Le Vampire*** 25

Théophile Gautier, ***La Morte amoureuse*** 61

Luigi Capuana, ***Le Mari vampire*** 107

Dossier........................ 135

Parcours de lecture 136
Le vampire amoureux 142
Forces et faiblesses du vampire – discours d'un spécialiste 152

PRÉSENTATION

Les vampires n'existent pas. Ou plutôt, on peut dire avec Voltaire qu'« il n'y en a plus[1] ». En effet, peu d'entre nous redoutent de rencontrer un mort vivant à la mâchoire proéminente, s'abreuvant du sang des humains à la nuit tombée. Nous savons que le vampire est un personnage de roman et qu'il repose dans son linceul[2] de papier sur les rayonnages de nos bibliothèques. Il a pour noms lord Ruthven, Michel Szémioth, Aurélia, Clarimonde, Carmilla, et, bien sûr, Dracula[3], pour ne citer que quelques-uns des vampires que les auteurs du XIXe siècle se sont plu à multiplier.

De nos jours, le monstre a trouvé un refuge supplémentaire dans les salles obscures de cinéma, support dont la richesse est proprement extraordinaire en la matière. Les succès des films et des séries télévisées récentes dédiées à ce sombre personnage attestent la réelle fascination qu'il exerce sur le public : la série de Joss Whedon, *Buffy contre les vampires*, a connu un tel engouement que d'éminents professeurs, universitaires et philosophes lui consacrent des séminaires et des colloques[4].

---

1. Voltaire, à l'article « Vampires » de son *Dictionnaire philosophique portatif* (1764).

2. ***Linceul*** : au sens propre, pièce de toile dans laquelle on ensevelit un mort.

3. Noms de personnages de vampires dans des récits de Polidori (*Le Vampire*), Mérimée (*Lokis*), Hoffmann (*La Femme vampire*), Gautier (*La Morte amoureuse*), Le Fanu (*Carmilla*), Stoker (*Dracula*).

4. Le 26 juin 2009, la Cité internationale universitaire de Paris accueillait une journée d'études intitulée « Buffy, tueuse de vampires », qui était consacrée à la série.

Ainsi, force nous est de reconnaître qu'il n'y a jamais eu autant de vampires que depuis qu'il n'y en a plus !

« Vampires et vampirisme » : des origines à l'archétype

On peut qualifier de « vampiriques » certains comportements que la démonologie[1] attribue à une longue lignée de créatures, aux formes et aux appellations variées, mais qui toutes sont acharnées à la perte du genre humain : en effet, un grand nombre d'entre elles partagent avec le vampire le goût de la chasse à l'homme et une prédilection marquée pour la consommation de son sang. Mais on n'emploie réellement le mot « vampire » qu'à l'aube du XVIIIe siècle.

C'est en 1725, à l'occasion d'un rapport judiciaire concernant un Hongrois accusé de vampirisme (Peter Plogojowitz), que le mot allemand *upier* (transcription du polonais *upior*) se vulgarise ; en 1732, il prend la forme *vampir* par emprunt au serbo-croate ; la même année, celle-ci est adoptée par la langue française, laquelle recourt aussi au mot « oupire », issu du tchèque *upír*, comme en témoignent les écrits de l'abbé dom Augustin Calmet en 1749 (voir *infra*).

Ainsi, on ne peut nommer « vampires » les créatures démoniaques qui peuplent l'imaginaire des hommes avant le XVIIIe siècle, mais, par leurs agissements, celles-ci préparent l'avènement du vampire à proprement parler : un homme ou une femme qui se relève de son tombeau et se nourrit du sang des vivants.

---

1. La ***démonologie*** est une science occulte qui étudie les formes que revêtent les démons dans les traditions populaires.

Le démon des origines : Lilith

L'une des plus anciennes de ces créatures, Lilitû (également appelée Lilith), est un démon femelle de la mythologie sumérienne, civilisation de la Mésopotamie (4000 av. J.-C.) ; elle est évoquée[1] dans la Bible par le prophète Isaïe (dans la deuxième moitié du VIIIe siècle av. J.-C.). Elle incarne la rébellion contre les volontés divines, le refus de la soumission de la femme à l'homme, la débauche sexuelle, et on lui impute la dévoration des nouveau-nés !

À sa suite, dans l'Antiquité et au fil de l'Histoire, les *lamies*, les *empuses* (grecques), les *striges* (romaines) et autres *goules* (orientales) – créatures femelles issues de diverses mythologies, parfois séduisantes, mais toujours malfaisantes – sont autant de diablesses qui satisfont leur appétit de chair et de sang sur le gibier humain.

Du personnage de mythe aux vampires historiques

Longtemps, ces monstres n'ont une réalité que symbolique : ils appartiennent à l'imaginaire collectif. Il leur arrive d'obtenir le statut de personnage littéraire : ainsi en est-il dans « L'Honneur du Ghoul », un conte des *Mille et Une Nuits* (XIIIe siècle). Dans ce récit aux péripéties burlesques, le *ghoul* (ici, démon mâle) use de sa capacité à changer de forme pour abuser le sultan et épouser sa fille Dalal : « Et il plaça Dalal dans sa maison, [...] au sommet d'une montagne. Puis il alla battre la campagne, [...] faire avorter les femmes enceintes, terrifier les enfants, hurler dans le vent, aboyer aux portes, [...] hanter les ruines anciennes, jeter des malé-

1. Lilith est rarement expressément désignée dans la Bible (la mention de son nom dépend de la traduction ; on la trouve dans la traduction œcuménique de la Bible).

fices, grimacer dans les ténèbres, visiter les tombeaux, flairer les morts...[1]. »

À la fin du Moyen Âge, la créature néfaste sort de sa condition légendaire ; on commence à attribuer à des humains bien réels certains comportements que l'on qualifiera *a posteriori* de « vampiriques ». C'est le cas au XVe siècle, pour le prince Vlad Basarab III, surnommé Vlad « Tepès » (l'« empaleur ») ou encore « Dracula » (nom qui évoque le « dragon », le « diable » dans la langue roumaine). Né en Transylvanie en 1430, il a régné sur la Valachie, une province de la Roumanie. Dans les guerres qu'il mena (notamment contre ses ennemis turcs et hongrois), il acquit une réputation de général sanguinaire, se livrant sur ses prisonniers à des tortures dont l'atrocité dépasse les limites de l'imagination. Néanmoins, on ne lui impute aucun fait de vampirisme à proprement parler. C'est plus tard qu'on le surnomma « le vampire des Carpates » (du nom de la chaîne montagneuse d'Europe centrale), en référence à son immense cruauté qui l'aurait conduit, dit-on, à boire le sang de ses ennemis.

Dans la même région de l'Europe, Erzébeth Báthory (1560-1614), dite « la comtesse sanglante », nièce d'Étienne Ier Báthory (roi de Pologne), terrorisa de son vivant les populations voisines de son château : elle s'y livrait à des exactions d'une cruauté sadique, torturant, mutilant et mettant à mort des jeunes femmes qu'elle vidait de leur sang pour le boire et s'y baigner, croyant ainsi préserver sa jeunesse. On ignore le nombre réel de ses victimes, mais, lors de son procès en 1611, on l'accusa du meurtre de plus de six cents jeunes filles !

Par la monstruosité de leurs actes, ces personnages ont excité l'imagination de leurs contemporains mais aussi des générations postérieures, qui ont déformé leur histoire pour faire d'eux des vampires.

---

1. Traduction J.C.V. Mardrus, dans *Histoires de vampires*, Robert Laffont, 1961.

À ces figures célèbres s'ajoutent de nombreuses autres incarnations du démon. Ainsi, il est attesté que, au XVIe siècle, on enterrait certaines victimes de la peste avec une pierre entre les dents pour les empêcher de revenir mordre les vivants et répandre le mal. Ceux qu'on nomma plus tard « vampires » furent en effet longtemps tenus pour responsables des grandes épidémies de peste qui sévirent en Europe.

Épidémie vampirique au siècle des Lumières

Au XVIIIe siècle, la croyance dans les vampires connaît une telle ampleur que l'on peut parler d'« épidémie vampirique ». En France, ceux qui dissertent sur le sujet pour mieux en montrer l'absurdité ou pour faire triompher la religion sur les superstitions contribuent néanmoins à dessiner le portrait singulier du vampire...

La raison comme remède au vampire

Le XVIIIe siècle est une période de grande effervescence intellectuelle, philosophique et sociale. Les découvertes des siècles précédents se sont répandues dans la société. Dans le domaine scientifique, l'astronome polonais Nicolas Copernic (1473-1543) et le physicien italien Galileo Galilei, dit Galilée (1564-1642), ont modifié la vision du monde qui avait cours jusque-là en expliquant le mouvement des planètes et en démontrant que la Terre n'était pas le centre de l'univers connu. Ils ont été poursuivis par l'Église et tournés en dérision par les ignorants, mais la validité de leurs théories a rapidement été reconnue par les scientifiques. Dans le domaine philosophique, le Français René Descartes (1596-1650), dans son *Discours de la méthode* (1637), a proposé une méthode de pensée fondée sur l'observation précise des faits et sur la déduction logique : « ne recevoir jamais aucune chose pour vraie que je ne la connusse évidemment être telle ».

Au XVIIIe siècle, les philosophes des Lumières continuent à œuvrer contre toute forme d'obscurantisme. Souhaitant libérer les hommes de toutes les croyances vulgaires qui entravent leur épanouissement intellectuel et sont fondées sur l'ignorance et la peur, ils s'appliquent à lutter contre les superstitions. En 1764, dans son *Dictionnaire philosophique portatif*, Voltaire a bien conscience de l'ampleur de la tâche, lorsqu'il s'interroge à l'article «Superstition » : « Peut-il exister un peuple libre de tous préjugés superstitieux ? C'est demander : peut-il exister un peuple de philosophes ? »

Car, en dépit du progrès de la raison sous l'influence de ces figures du savoir, la croyance populaire dans l'existence des vampires connaît un développement sans précédent à cette époque. En Europe centrale (Pologne, Autriche, Hongrie, Roumanie...), les cas de vampirisme supposé se multiplient et suscitent au sein des populations de véritables terreurs collectives. Des hommes sont accusés de vampirisme. En 1732, à la demande des autorités autrichiennes, Johann Flückinger mène une enquête sur les vampires de Serbie ; il intitule son compte rendu *Visum et Repertum* [1] (*Choses vues et découvertes*). La France n'est pas épargnée par le phénomène. Devant son expansion, Voltaire souligne le paradoxe d'un siècle qui aura vu s'épanouir simultanément l'empire de la raison et la figure du vampire : « Quoi, c'est dans notre XVIIIe siècle qu'il y a eu des vampires ! (article « Vampires » du *Dictionnaire philosophique portatif*).

---

1. ***Visum et Repertum*** : expression consacrée dans le domaine de la médecine légale, qui sert de titre (par convention) à la deuxième partie d'un rapport d'autopsie judiciaire. Johann Flückinger était médecin militaire.

Une somme contre les vampires

C'est à un religieux que l'on doit la première somme sur les vampires. Avec son *Traité sur l'apparition des esprits, revenants en corps, anges, démons et vampires de Silésie et de Moravie* (1749), l'abbé bénédictin dom Augustin Calmet rend compte des faits innombrables attribués, en Europe centrale, au vampire, qu'il décrit en ces termes : « Dans ce siècle, une nouvelle scène s'offre à nos yeux depuis environ soixante ans dans la Hongrie, la Moravie, la Silésie, la Pologne : on voit, dit-on, des hommes morts [...] revenir, parler, marcher, infester les villages, maltraiter les hommes et les animaux, sucer le sang de leurs proches, les rendre malades et enfin leur causer la mort ; en sorte qu'on ne peut se délivrer de leurs dangereuses visites et de leur infestation qu'en les exhumant, les empalant, leur coupant la tête, leur arrachant le cœur, ou les brûlant. On donne à ces revenants le nom d'oupires ou vampires... »

Face à la croyance populaire, de plus en plus grande, en l'existence des vampires, les autorités (religieuses surtout) commencent à redouter que la superstition l'emporte sur le dogme de l'Église. Cette crainte conduit dom Augustin Calmet à jeter le discrédit sur une croyance qu'il qualifie de « vaine et ridicule ». Il affirme que, si le corps exhumé des présumés « vampires » paraît étrangement intact, c'est qu'ils sont morts de « certaines maladies connues des médecins, qui n'ôtent pas la fluidité du sang, ni la souplesse des membres ».

On le voit, le travail du bénédictin, même s'il a pour objectif de condamner des croyances jugées hérétiques, consacre la figure du vampire en établissant une liste de ses attributs, et, surtout, le fait accéder à l'espace littéraire : à la suite de la collection de témoignages rapportés par dom Calmet, de nombreux auteurs feront de cette créature le personnage principal d'une multitude de récits fantastiques.

Histoires fantastiques de vampires au XIXe siècle

Si le vampire est déjà le sujet de récits de toutes sortes au début du XIXe siècle – transcriptions de légendes populaires, anecdotes, contes, nouvelles, romans, traités, rapports médico-légaux, communications universitaires –, la littérature vampirique connaît à cette époque un essor considérable. Désormais, les auteurs ont affaire à un public élargi de lecteurs instruits et donc « raisonnables » : il ne s'agit plus, comme au XVIIIe siècle, d'opérer un tri parmi des croyances, mais d'utiliser ces dernières comme matériaux pour bâtir une œuvre.

Alors que les « Lumières » ont attaqué le vampire et fini par triompher de ce maître des ténèbres, il reprend vie en littérature, comme pour donner raison à sa légende d'éternité.

Un sujet digne d'intérêt

Le vampire littéraire doit beaucoup à l'écrivain Charles Nodier qui, en 1822, compose un recueil de contes, anecdotes et nouvelles, qu'il appelle *Infernaliana* et dans l'avertissement duquel il indique : « Il est étonnant que des êtres raisonnables aient pu croire si longtemps que des morts sortaient la nuit des cimetières pour aller sucer le sang des vivants, et que ces mêmes morts retournaient ensuite dans leurs cercueils. [...] Nous engageons nos lecteurs à se défier de ces récits ainsi que des prétendues histoires de revenants, de sorciers, de diables, etc. Tout ce qu'on peut dire et écrire sur ce sujet n'a aucune authenticité et ne mérite aucune croyance. » Il est évident que cette mise en garde n'est qu'un artifice visant à piquer la curiosité des lecteurs et à les inviter à se confronter au personnage du mort vivant. Le même Nodier confirme d'ailleurs l'intérêt que revêt le personnage en adaptant pour la scène *Le Vampire* de Polidori en 1820.

Si la richesse du sujet suffit à expliquer son succès, il convient de remarquer que le développement de la littérature vampirique au XIXe siècle est soutenu par l'épanouissement d'un registre littéraire – le fantastique – combiné au succès d'un genre – la nouvelle.

Le récit fantastique

Les récits fantastiques se caractérisent par la survenue d'événements extraordinaires, voire surnaturels, dans un univers stable. Les personnages de ces histoires sont les témoins ou les victimes de faits (souvent terrifiants) qu'ils ne peuvent comprendre car ils échappent aux lois de la nature : des objets inertes s'animent ou se déplacent, des personnages de tableaux ou des statues prennent vie, des revenants de toutes sortes (fantômes, vampires) se manifestent. Ces phénomènes constituent l'élément perturbateur qui plonge le personnage dans une succession de péripéties au terme desquelles il subsiste souvent un doute dans l'esprit du lecteur : qu'est-il vraiment arrivé ? Faut-il croire au caractère surnaturel de l'événement narré ? Est-il possible de lui trouver une explication rationnelle ? L'élucidation de ce mystère est rendue d'autant plus délicate que le récit fantastique multiplie les motifs susceptibles de brouiller l'interprétation du lecteur, tels le sommeil, le rêve, l'hallucination et la folie qui s'emparent très souvent des personnages confrontés au phénomène surnaturel. Ainsi, dans la première nouvelle de ce recueil, *Le Vampire* de Polidori, le jeune Aubrey, horrifié par le mariage prochain de sa sœur avec le vampire lord Ruthven, semble perdre la raison. « Le désordre de ses idées s'accrut à un point tel qu'on fut obligé de le confiner dans sa chambre. Il y demeurait souvent plusieurs jours de suite dans un état de stupeur, d'où rien ne pouvait le faire sortir » (p. 55). La révélation de sa fragilité psychique jette le discrédit sur ses préventions contre lord Ruthven. Dans *Le Mari vampire* de Luigi Capuana, la troisième nouvelle de ce recueil, le scientifique Mongeri refuse de croire les faits que lui relate son ami : « Faits ?... Hallucinations, tu veux dire. Cela signifie que tu es malade, et qu'il faut te soigner » (p. 111).

En outre, le récit souligne souvent la difficulté du personnage à percevoir distinctement ce qui l'entoure : à ce titre, l'ombre, le clair-obscur, la nuit, le brouillard sont des éléments propices à la naissance d'une ambiance fantastique, de même que les paysages médiévaux de forêts obscures, les châteaux labyrinthiques et retirés, dont la description occupe une place importante dans l'économie du récit. « Nous traversâmes une forêt d'un sombre si opaque et si glacial, que je me sentis courir sur la peau un frisson de superstitieuse terreur. [...] Nous entrâmes sous une voûte qui ouvrait sa gueule sombre entre deux énormes tours », indique ainsi le narrateur de *La Morte amoureuse* de Théophile Gautier, la deuxième nouvelle du présent recueil (p. 82-83), quand il arrive au château de Clarimonde. Notons que l'endroit est à l'image du vampire lui-même : la fascination qu'il exerce sur le voyageur est faite de séduction et d'effroi – « "Quel est donc ce palais que je vois tout là-bas éclairé d'un rayon de soleil ?" demandai-je à Sérapion. [...] il me répondit : "C'est l'ancien palais que le prince Concini a donné à la courtisane Clarimonde ; il s'y passe d'épouvantables choses" » (p. 79). Le roman de Bram Stoker (*Dracula*, 1897) souligne lui aussi cette ressemblance entre le monstre et son domaine dans la description du château de Dracula : « les créneaux endommagés se profilaient comme des dents, dans le ciel où brillait à nouveau la lune[1] ». Pour leurs décors, les auteurs de récits fantastiques s'inspirent de ceux des romans anglais dits « gothiques », tels *Le Château d'Otrante*, d'Horace Walpole (1764), et *Les Mystères d'Udolphe*, d'Ann Radcliffe (1794).

1. Bram Stoker, *Dracula*, trad. J. Finné, Pocket, 1992, p. 31.

Enfin, récurrent dans les récits fantastiques, le voyage vers ou dans des contrées reculées permet de créer une impression de distance ou d'exotisme inquiétants. À l'occasion de leurs déplacements, les personnages sont confrontés à une géographie méconnue imprégnée de croyances locales. Dans *Le Vampire* de Polidori, Aubrey, en voyage en Grèce, est mis en garde par ses hôtes alors qu'il prépare une excursion dans la campagne environnante : « On lui dépeignit ce lieu comme le rendez-vous des vampires pour leurs orgies nocturnes, et on lui prédit les plus affreux malheurs s'il osait croiser leur chemin » (p. 43). Dans tous les cas, il s'agit d'emporter le lecteur dans un environnement inconnu et déroutant pour favoriser le déclenchement de l'imaginaire, comme l'obscurité de la chambre fait naître les images effrayantes dans l'esprit de l'enfant qui veille.

On le voit, le récit fantastique privilégie l'ambiguïté. Il en résulte pour le lecteur une perplexité profonde quant à l'interprétation à donner aux événements narrés. Pour le critique Tzvetan Todorov, c'est ce doute persistant qui définit le registre fantastique lui-même : « le lecteur se voit obligé de choisir entre deux solutions : ou bien ramener ce phénomène à des causes connues [...] ou bien admettre l'existence du surnaturel [...]. Le fantastique dure le temps de cette incertitude[1] ». La nouvelle de Luigi Capuana, *Le Mari vampire*, à travers ses deux personnages, met précisément en scène les deux positions qu'on peut adopter face au surnaturel : l'un, confronté à un phénomène inexplicable, est crédule ; l'autre, scientifique, armé contre le surnaturel, est décidé à appliquer au phénomène toutes les rigueurs d'un esprit rationnel...

Il importe que la construction du récit soutienne cette tension dans l'esprit du lecteur. Or, comment maintenir durablement l'intérêt d'une histoire dont le sens demeure inexpliqué ? Au fil des pages, le risque n'est-il pas de voir la curiosité du lecteur se muer

1. Tzvetan Todorov, *Introduction à la littérature fantastique*, Seuil, 1970.

en impatience, voire en agacement ? La forme narrative brève – la nouvelle – permet sans doute de lever cet obstacle. Il n'est pas étonnant que les auteurs de récits fantastiques lui aient manifesté leur préférence.

La nouvelle : un concentré d'histoire

Une définition courante de la nouvelle tient dans les éléments suivants : un texte bref, offrant une construction dramatique, reposant sur une intrigue simple autour de personnages peu nombreux. Sur le plan formel, la nouvelle emprunte ainsi au conte, par sa brièveté, et au roman, par la structure de son récit ; mais, alors que le roman développe une histoire à travers une série d'épisodes, la nouvelle se concentre sur un épisode précis. Ainsi, *Le Vampire,* de John William Polidori raconte le moment de la vie du vampire lord Ruthven occupé à la perte du jeune Aubrey et à la séduction de sa sœur.

Si le XIXe siècle n'invente pas le genre de la nouvelle – en témoignent, par exemple, *Le Décaméron* (1349-1353) de Boccace ou *L'Heptaméron* (1559) de Marguerite de Navarre, qu'on perçoit aujourd'hui comme des nouvelles –, il marque son expansion. Le développement de la nouvelle est alors favorisé par l'avènement de la presse quotidienne et des revues qui permettent la publication de nombreuses œuvres littéraires en les contraignant à ne pas dépasser une certaine longueur.

Les plus grands écrivains du siècle vont adopter cette forme au point, pour certains, de devenir des maîtres du genre : citons l'Américain Edgar Allan Poe – auteur de nombreux récits fantastiques, les *Histoires extraordinaires* –, qui le premier a mis en évidence l'effet spectaculaire du texte bref sur la sensibilité de son lecteur. Il a souligné la fascinante emprise que la nouvelle est susceptible d'exercer sur ce dernier, lequel, pendant le temps intégral et continu de la lecture, « demeure sous la coupe de l'écrivain ».

D'autres auteurs comme les Alsaciens Erckmann-Chatrian, mais aussi Théophile Gautier, Prosper Mérimée ou encore Guy de Maupassant ont excellé dans le genre de la nouvelle et le registre fantastique, et tous ont à leur actif une histoire de vampire.

Du vampire romantique au vampire sentimental

Le « mal » du (XIXe) siècle

De l'éclosion de la littérature vampirique au XIXe siècle, on peut aussi déduire l'intérêt que présentait le personnage pour le mouvement romantique, un courant littéraire important de la première moitié du XIXe siècle.

Dans l'esprit des auteurs romantiques, la littérature devait prendre pour sujet la nature humaine dans toute sa complexité, sans exclure ses aspects les plus sombres. Cette ambivalence de l'être humain trouve une expression de choix dans le personnage du vampire. Le vampire de la littérature de cette époque est un être majestueux et décadent, attirant et répugnant, émouvant et cruel, beau et laid à la fois : noble par son rang (c'est un aristocrate), il se comporte néanmoins de manière vile ou répréhensible sur le plan de la morale. Ainsi, si lord Ruthven charme toute la belle société des salons londoniens, c'est un être profondément pervers qui choisit ses victimes parmi les jeunes femmes les plus innocentes et les plus vertueuses : « pour accroître son plaisir, il voulait précipiter sa victime – la complice de son crime –, du sommet de la vertu sans tache dans le gouffre le plus profond de l'infamie et de la misère » (p. 39).

Une séduisante promesse d'immortalité

Au fil du siècle, les récits de vampires vont être l'occasion de jeter un éclairage nouveau sur les thèmes de l'amour et de la mort.

Contrairement aux fantômes et autres esprits désincarnés, le vampire est fait de chair et de sang : cette physiologie de « non-mort » est propre à fasciner les hommes car elle est la promesse d'une échappatoire possible aux limites temporelles de la vie humaine.

En outre, évoluant dans le monde des vivants sous une forme familière, le vampire s'intègre sans difficulté à la vie sociale, politique et morale de son siècle. Aussi ses victimes ne découvrent-elles que trop tard sa véritable nature ; il parvient ainsi à établir avec elles une relation de séduction qui se joue des codes amoureux : l'amour, plus fort que la mort, prend un sens littéral dans la promesse que Carmilla, la jeune vampire imaginée par Sheridan Le Fanu en 1871, fait à sa victime Laura : « Tu viendras avec moi en m'aimant jusqu'à la mort ; ou bien tu me haïras, et tu viendras avec moi quand même en me haïssant pendant et après la mort[1]. »

Bram Stocker réinvente la théorie du vampire

C'est dans le roman de Bram Stoker, *Dracula* (1897), que le portrait du vampire prend sa forme la plus achevée. Le monstre n'est autre que le prince Vlad Tepès (voir *supra*) à qui son état de

1. *Carmilla*, trad. Jacques Papy, Flammarion, coll. « Étonnants Classiques », 2007 ; voir aussi dossier, p. 147.

« non-mort » a permis de traverser les siècles. Dans cette œuvre, le professeur Van Helsing, scientifique érudit et adversaire acharné du vampire, donne une liste détaillée de ses attributs. Comme le rapportait déjà dom Calmet à propos du vampire « traditionnel », sa morsure transforme sa victime en vampire, et on ne peut le tuer définitivement qu'en lui enfonçant un pieu dans le cœur et en lui tranchant la tête. Si Bram Stoker a conféré à son personnage certains attributs classiques du monstre, il en a inventé d'autres qui, depuis, caractérisent les vampires, comme l'indique Jacques Finné dans son étude sur la *Littérature fantastique* : « L'absence de reflet dans le miroir, la transformation des vampires en chauve-souris, leur pouvoir sur les animaux, en particulier sur les loups, l'impossibilité d'entrer dans une demeure sans y avoir été invité sortent de l'imagination de Stoker, de même que leur crainte devant les objets du culte chrétien[1]. » Dans *Encyclopædia vampirica*[2], Jean-Paul Ronecker ajoute : « C'est également Stoker qui a popularisé l'utilisation de l'ail contre les vampires, en se basant sur un fragment de Titinus (IIe siècle avant notre ère) qui affirme qu'il faut suspendre de l'ail au cou des enfants afin de les protéger de la strige noire et puante. » Au sujet des attributs de la créature, signalons que, contrairement à une idée aujourd'hui très répandue, ni le vampire des croyances populaires ni Dracula ne craignent la lumière du jour, même si leur noctambulisme (souvent attesté dans les croyances populaires et manifeste dans le roman de Bram Stoker) fait d'eux des êtres essentiellement nocturnes. Ainsi, la plupart des spécialistes s'accordent à dire que Dracula enrichit le mythe du vampire au moins autant qu'il s'en inspire, et qu'il constitue à lui seul un modèle qui influence durablement l'image du personnage dans la littérature vampirique.

---

1. Jacques Finné, *Littérature fantastique*, Éditions Université de Bruxelles, 1981.

2. Jean-Paul Ronecker, *Encyclopædia vampirica*, Éditions Le Temps présent, 2009.

C'est aussi Bram Stoker (et avant lui Le Fanu) qui donne au personnage une certaine complexité. Pour la première fois, l'état vampirique est considéré comme une malédiction dont le vampire est la première victime. Alors que Jonathan Harker et ses amis se lancent à la poursuite de Dracula, Mina, la fiancée de Jonathan, les exhorte en ces termes : « votre quête ne doit pas être une haine. Cette pauvre créature, responsable de tout ce mal, n'est-elle pas plus à plaindre que les autres ? Pensez à la joie qu'elle connaîtra lorsque, sa puissance mauvaise détruite, elle connaîtra enfin, elle aussi, l'immortalité du pardon. Ayez pitié d'elle... ». Mina semble éprouver une forme de compassion à l'égard du comte Dracula alors qu'il agonise : « Toute ma vie, avec quelle joie apaisante je me souviendrai qu'au moment même où il tombait en poussière, le comte eut une expression de paix que je n'aurais jamais cru lire un jour sur son visage[1]. »

À l'aube du XXe siècle, la rupture de Bram Stoker avec les démons prédateurs qui ont précédé son Dracula est un premier pas vers les personnages de vampires modernes : Louis et Lestat, dans le roman d'Anne Rice, *Entretien avec un vampire* (1976) ; Stefan Salvatore dans *Journal d'un vampire* (1991) de Lise Jane Smith ; et Edward Cullen dans *Twilight* (saga dont le premier tome, *Fascination*, a paru en 2005 aux États-Unis et s'est vendu à plus de quarante millions d'exemplaires à travers le monde) de Stephenie Meyer. Avec ces personnages, le vampire s'humanise et se moralise progressivement. Il rejette la monstruosité de sa condition, ses états d'âme deviennent le ressort de l'action : il acquiert le statut de héros. Bien plus, se débarrassant de ses traits les plus repoussants et conservant les plus extraordinaires, il s'apparente désormais à un super-héros. Dès le début du XXe siècle, cette évolution du vampire littéraire est soutenue par la transposition du mythe au cinéma.

---

1. Bram Stoker, *Dracula*, éd. citée, p. 405.

En 1922, le réalisateur Friedrich Wilhelm Murnau donne une adaptation du *Dracula* de Bram Stoker (*Nosferatu le vampire*). Depuis, la production cinématographique s'est enrichie de dizaines de films rencontrant, le plus souvent, un grand succès populaire : dernier exemple en date, la transposition à l'écran par Catherine Hardwicke de *Fascination,* le premier *opus* de la série *Twilight* sorti en France en janvier 2009.

Dans l'imaginaire d'un jeune lecteur du début du XXIe siècle, le vampire ressemble au personnage de cette romancière américaine : un jeune homme séduisant auquel le lecteur peut s'identifier, certes un peu solitaire mais d'autant plus mystérieux, doué de pouvoirs surnaturels qui lui permettent de s'extraire de la banalité de sa vie de lycéen. Il a dompté ses appétits sanguinaires pour se fondre dans la foule des gens ordinaires. Mais, en dépit de ses efforts pour ne pas se faire remarquer, ses attributs vampiriques se sont mués en un caractère exceptionnel qui le désigne à la curiosité admirative de ses condisciples.

Considérant cette évolution du personnage, de nombreux spécialistes du sujet s'accordent à penser que, en multipliant les images du vampire, les XIXe et XXe siècles ont dévoyé la légende et finalement affadi la représentation du monstre dans l'imaginaire collectif : en effet, Edward Cullen n'a plus grand-chose de commun avec les créatures dépeintes par dom Calmet, en 1749, dans son traité sur les vampires de la Hongrie : « certains morts mâchent dans leurs tombeaux et dévorent ce qui se trouve autour d'eux [...] on les entend même manger comme des porcs, avec un certain cri sourd et comme grondant et grunnissant[1]...[2] ».

---

1. ***Grunnissant*** : mot d'ancien français, participe présent de « grunnir » (ou « grunir », ou « gronir »), qui signifie « gronder » ou « grogner », en particulier s'agissant du cochon (mot de la famille de « groin »).

2. Augustin Calmet, cité dans *Histoires de vampires*, dir. Roger Vadim, Robert Laffont, 1961.

Cet ouvrage vous propose de découvrir ou redécouvrir trois récits dont les personnages principaux affrontent des vampires n'ayant rien perdu de leur mordant : la nouvelle de John William Polidori, *Le Vampire* (1817), celle de Théophile Gautier, *La Morte amoureuse* (1836), et enfin *Le Mari vampire*, de Luigi Capuana (1907). Bonne lecture !

John William Polidori
d'après lord Byron

Le Vampire
(1817)

«Son cou et sa poitrine étaient couverts de sang et sa gorge portait les marques des dents qui avaient ouvert ses veines.»

Le Vampire, p. 45.

Dans cette nouvelle, Aubrey, jeune homme romantique qui fait ses débuts dans la société, s'attache à lord[1] Ruthven, un aristocrate à la personnalité singulière, qui éblouit les salons[2] londoniens. Désireux de parfaire sa culture et de cerner la personnalité de ce dernier, Aubrey le suit un temps dans ses pérégrinations[3]. Mais, lors d'un séjour à Rome, il observe son compagnon dans ses œuvres et conclut qu'il est une sorte de don Juan pervers et corrupteur dont la fréquentation ne peut que lui nuire. Il décide de se séparer de lui et gagne la Grèce, où la croyance populaire en l'existence des vampires est vivace. Prévenu plusieurs fois contre le danger que représentent ces derniers, il refuse néanmoins de renoncer à ses excursions ; au cours de l'une d'elles, il assiste, impuissant, au meurtre de celle dont il s'était épris. Le corps de la jeune femme porte d'étranges traces de morsures. Dès ce moment, dans l'esprit troublé d'Aubrey, l'image du vampire se superpose à celle de lord Ruthven... Et si sous les traits de son ancien ami se cachait un abominable suceur de sang ?

■ L'étrange histoire du *Vampire*

Cette nouvelle est souvent présentée comme la récriture d'un manuscrit du grand poète anglais lord Byron (1788-1824).

---

1. ***Lord*** : titre de noblesse en Grande-Bretagne.
2. ***Salons*** : lieux de rencontre de la société mondaine.
3. ***Pérégrinations*** : voyages, déplacements incessants en de nombreux endroits.

Son secrétaire particulier, John William Polidori (1795-1821), se serait emparé de l'ébauche rédigée par Byron à l'occasion d'un pari entre plusieurs grands auteurs anglais : écrire dans le temps imparti d'une journée une histoire fantastique. Dans ce cadre, Mary Shelley imagina l'intrigue de son roman *Frankenstein*. Byron, lui, composa un texte qui resta inachevé. C'est ce récit que Polidori aurait repris et terminé avec l'intention de le publier, malgré tout, sous le nom de Byron. Texte inabouti, récrit, et dont Byron rejeta finalement la paternité, cette nouvelle, la seule que fit paraître Polidori, relança en Europe l'engouement pour le thème du vampire.

Publiée en 1817, elle fut rapidement traduite en français et donna lieu à de nombreuses adaptations à grand succès : au fil du siècle, le vampire lord Ruthven devint le héros d'un mélodrame lyrique de Charles Nodier (*Le Vampire*, 1820), de plusieurs opéras anglais, belges et allemands et d'une pièce en cinq actes d'Alexandre Dumas[1]. Préfigurant le héros de Bram Stoker (Dracula), le personnage de Byron et Polidori fait le lien entre les vampires folkloriques du XVIIIe siècle et ceux qui peuplent la littérature contemporaine.

■ Un vampire profondément immoral

Étrange vampire que ce lord Ruthven : il s'intègre parfaitement à la société aristocratique, dont il maîtrise tous les codes ; c'est un individu fascinant vers qui convergent tous les regards, et son immoralité semble ajouter encore à son rayonnement. S'il inspire de la répulsion au lecteur, ce n'est pas parce qu'il sort d'une tombe. Le dégoût qu'il provoque est d'une autre nature : son cynisme et sa brutalité interdisent toute identification avec lui. Le rejet qu'il fait naître chez le lecteur rejaillit sur la société elle-même, dont la complaisance à l'égard de lord Ruthven assure à ce dernier une impunité criante d'injustice.

---

1. Alexandre Dumas, *Le Vampire* (1850).

Introduction[1]

La superstition sur laquelle est fondée la nouvelle que nous offrons au public est répandue dans tout l'Orient. Elle est commune chez les Arabes : cependant, elle ne s'est répandue chez les Grecs qu'après l'établissement du christianisme, et elle n'a pris la forme qu'on connaît, que depuis la séparation des Églises grecque et latine; époque à laquelle on commença à croire que le cadavre d'un Latin ne pouvait se décomposer s'il était inhumé[2] en terre grecque. À mesure que cette croyance augmenta, elle donna naissance aux histoires épouvantables de morts sortant de leurs tombeaux, et suçant le sang de la jeunesse et de la beauté. Bientôt, cette superstition trouva cours, en subissant quelques légères variations, en Hongrie, en Pologne, en Autriche et en Lorraine, où l'on croyait que les vampires s'abreuvaient chaque nuit d'une certaine quantité du sang de leurs victimes, qui maigrissaient à vue d'œil, perdaient leurs forces et dépérissaient, tandis que ces buveurs

---

1. Destiné à introduire le récit qui suit, ce texte – sur la paternité duquel on peut s'interroger : est-il dû à Byron (bien que, en principe, ce dernier ait seulement rédigé une ébauche de nouvelle) ou à Polidori lui-même ? – prépare le lecteur à l'histoire qu'il va découvrir. Offrant une parole rationnelle, qui mobilise de nombreuses sources, il montre l'incapacité de la science à expliquer un phénomène qui la dépasse.

2. ***Inhumé*** : enterré.

de sang humain s'engraissaient, et que leurs veines grossissaient à tel point que le sang s'écoulait par toutes les issues de leurs corps, et même par tous leurs pores.

Le journal de Londres de mars 1732 contient un récit curieux, et crédible, d'un cas particulier de vampirisme qui, dit-on, arriva à Madreyga en Hongrie. Le commandant en chef et les magistrats de cette ville affirmèrent positivement[1] et d'une voix unanime, qu'environ cinq ans auparavant, un certain heiduque[2], nommé Arnold Paul, s'était plaint qu'à Cassovie, sur les frontières de la Serbie turque, il avait été tourmenté par un vampire, mais avait échappé à sa fureur en mangeant un peu de terre, qu'il avait prise sur le tombeau du monstre, et en se frottant lui-même avec son sang. Cependant cette précaution ne l'empêcha pas de devenir vampire à son tour[3] ; car vingt ou trente jours après sa mort et son enterrement, plusieurs personnes se plaignirent d'avoir été tourmentées par lui ; on déposa[4] même que quatre personnes perdirent la vie à la suite de ses attaques. Pour prévenir[5] de nouveaux malheurs, les habitants, ayant consulté leur Hadagni[6], exhumèrent le cadavre et le trouvèrent (comme on suppose dans tous les cas de vampirisme) frais et sans aucune trace de corruption[7]. Sa bouche, son nez et ses oreilles étaient teints d'un sang pur et vermeil. Cette preuve était convaincante ; on eut recours au remède accoutumé. Le corps d'Arnold fut percé d'un pieu ; on assure que, pendant cette opération, il poussa

---

1. ***Positivement*** : de façon certaine.
2. ***Heiduque*** : soldat hongrois.
3. On croit généralement qu'une personne tuée par un vampire devient vampire elle-même, et suce le sang des autres. (*Note de l'Auteur* ; désormais *NdA*.)
4. ***Déposa*** : déclara.
5. ***Prévenir*** : devancer.
6. ***Hadagni*** : grand bailli. (*NdA*) [Officier rendant la justice au nom d'un seigneur ou d'un roi.]
7. ***Corruption*** : décomposition, pourriture.

un cri terrible, comme s'il eût été vivant. Ensuite, on lui coupa la tête qu'on brûla avec son corps, et on jeta les cendres dans son tombeau. Les mêmes mesures furent adoptées à l'égard de ceux qui avaient été victimes du monstre, de peur qu'à leur tour elles ne devinssent des vampires et ne tourmentassent les vivants.

On raconte ici cette histoire absurde parce que, plus que toute autre, elle nous a semblé propre à éclaircir le sujet qui nous occupe. Dans plusieurs parties de la Grèce, on considère le vampirisme comme une punition qui poursuit, après sa mort, celui qui s'est rendu coupable de quelque grand crime durant sa vie. Il est condamné à tourmenter, de préférence, les personnes qu'il aimait le plus, celles à qui il était uni par les liens du sang et de la tendresse. C'est à cela que fait allusion un passage du *Giaour*[1] :

> Mais d'abord envoyé sur la terre comme un vampire, ton corps s'élancera de sa tombe ; effroi du lieu de ta naissance, tu iras sucer le sang de toute ta famille ; et dans l'ombre de la nuit tu tariras les sources de la vie dans les veines de ta fille, de ta sœur et de ton épouse. Pour combler l'horreur de ce festin barbare qui doit rassasier ton cadavre vivant, tes victimes reconnaîtront leur père avant d'expirer ; elles te maudiront et tu les maudiras. Tes filles périront comme la fleur qui ne dure pas ; mais une de ces infortunées à qui ton crime sera fatal, la plus jeune, celle que tu aimais le mieux, t'appellera du doux nom de père. En vain ce nom brisera ton cœur ; tu seras forcé d'accomplir ta tâche impie[2], tu verras ses belles couleurs s'effacer de ses joues, la dernière

1. Texte publié par Byron en 1814 sous le titre *A Fragment of a Turkish Tale*. Inspirée des contes orientaux, cette œuvre raconte les amours contrariées, au moment des croisades, de Leila, favorite du pacha Hassan, avec un chrétien surnommé « le Giaour » par les musulmans. Hassan fait noyer Leila et le Giaour le provoque en duel.

2. ***Impie*** : sacrilège.

étincelle de ses yeux s'éteindre, et sa prunelle d'azur se ternir en jetant sur toi un dernier regard; alors ta main barbare arrachera les tresses de ses blonds cheveux; une de ses boucles t'eût paru autrefois le gage de la plus tendre affection, mais maintenant elle sera pour toi un souvenir de ton cruel supplice! Ton sang le plus pur[1] souillera tes lèvres frémissantes et tes dents agitées d'un tremblement convulsif[2]. Rentre dans ton sombre sépulcre[3], partage les festins des goules[4] et des afrites[5], jusqu'à ce que ces monstres fuient avec horreur un spectre[6] plus barbare qu'eux!

Southey[7] a aussi introduit, dans le sombre mais beau poème de *Thalaba*, une jeune Arabe, Oneiza, devenue vampire; il la représente sortie du tombeau pour tourmenter l'homme qu'elle a le plus aimé pendant sa vie : mais on ne peut supposer que c'est une punition de ses crimes, car elle apparaît dans tout le poème comme un modèle d'innocence et de pureté.

Tournefort[8], qui est digne de foi, raconte longuement dans ses *Voyages* des cas étonnants de vampirisme, dont il prétend avoir été le témoin oculaire. Et Calmet[9], dans son grand ouvrage sur le vampirisme, en rapportant de nombreuses anecdotes

---

1. *Ton sang le plus pur* : le sang de ta fille que tu aimes le plus, issue de ton propre sang.
2. *Convulsif* : nerveux.
3. *Sépulcre* : tombeau.
4. *Goules* : vampires femelles des légendes orientales.
5. *Afrites* : sortes de mauvais génies dont il est question dans les contes orientaux.
6. *Spectre* : fantôme.
7. *Robert Southey* (1774-1843) : écrivain romantique anglais, auteur de *Thalaba the Destroyer* (1797).
8. *Joseph Pitton de Tournefort* (1656-1708) : botaniste français, auteur de *Relation d'un voyage du Levant fait par ordre du roi* (1717).
9. *Augustin Calmet* (1672-1757) : abbé bénédictin, auteur du *Traité sur l'apparition des esprits, revenants en corps, anges, démons et vampires de Silésie et de Moravie* (1749). Voir présentation, p. 13.

qui en expliquent les effets, a donné plusieurs dissertations savantes où il prouve que cette erreur est aussi répandue chez les peuples barbares que parmi les nations civilisées.

On pourrait ajouter plusieurs notes aussi curieuses qu'intéressantes sur cette superstition horrible et singulière ; mais elles dépasseraient les bornes d'un avant-propos. Pour finir, on remarquera que, quoique le nom de *vampire* soit le plus généralement employé, il existe d'autres synonymes dont on se sert dans les différentes parties du monde, comme *vroucolocha*, *vardoulacha*, *goule*, *broucoloka*, etc.

Le Vampire

Parmi les nombreux divertissements qui accompagnent l'hiver londonien, on pouvait voir aux différentes réceptions données par la haute société un seigneur plus remarquable encore par ses singularités[1] que par son rang. Spectateur impassible[2] de la gaieté des autres, il semblait ne pouvoir la partager. Le rire léger des jolies femmes ne paraissait attirer son attention que pour qu'il pût le glacer d'un regard et remplir d'effroi ces cœurs où l'insouciance avait établi son trône. La source de la terreur qu'il inspirait était inconnue des personnes qui en éprouvaient les effets ; quelques-uns l'attribuaient à son œil gris et terne qui, fixant les visages, d'abord ne semblait pas les pénétrer, puis, en un éclair, perçait les mouvements des cœurs. Ses bizarreries le faisaient inviter dans toutes les maisons : tout le monde souhaitait le voir. Les personnes accoutumées aux sensations fortes, et qui éprouvaient le poids de l'ennui, étaient charmées d'avoir en leur

1. *Singularités* : particularités.
2. *Impassible* : imperturbable, indifférent.

présence un objet de distraction qui pût réveiller leur attention. Malgré la pâleur mortelle de son visage que ne coloraient jamais ni l'aimable incarnat[1] de la pudeur, ni la rougeur d'une vive émotion, la beauté de ses traits fit naître à plusieurs femmes en quête de notoriété le dessein de le conquérir ou du moins d'obtenir de lui quelques marques de ce qu'il leur arrive d'appeler « affection ». Lady Mercer, qui par la légèreté de sa conduite depuis son mariage était la risée de tous dans les salons, se mit sur son chemin, et employa tous les moyens pour se faire remarquer. En vain : lorsqu'elle se tenait devant lui, quoique, en apparence, il la regardât droit dans les yeux, il semblait ne pas l'apercevoir. L'extraordinaire impudence[2] de lady Mercer fut ainsi déroutée et elle renonça à ses prétentions. S'il ne daignait pas même accorder un regard aux femmes perdues, ce n'était pas par indifférence aux attraits du beau sexe[3]. Mais quand il s'adressait à l'épouse vertueuse[4] ou à la jeune fille innocente, c'était avec une telle prudence que peu de personnes savaient qu'il parlât quelquefois aux femmes. Cependant son langage passait pour séduisant ; et soit que ces avantages fissent surmonter la crainte qu'il inspirait, soit que sa haine apparente pour le vice le fît rechercher, on le voyait aussi souvent dans la société[5] des femmes qui sont l'honneur de leur sexe[6] par leurs vertus domestiques que parmi celles qui le déshonorent par leurs dérèglements[7].

À peu près dans le même temps arriva à Londres un jeune homme nommé Aubrey ; orphelin dès son enfance, il

---

1. ***Incarnat*** : rouge vif.
2. ***Impudence*** : ici, manque de pudeur, de retenue.
3. ***Du beau sexe*** : des femmes.
4. ***Vertueuse*** : qui possède des vertus, des qualités morales.
5. ***Dans la société*** : ici, en compagnie.
6. ***Qui sont l'honneur de leur sexe*** : qui sont des exemples pour les autres femmes.
7. ***Dérèglements*** : comportements qui s'écartent de la morale.

était resté, avec son unique sœur, en possession de grands biens. Abandonné à lui-même par ses tuteurs[1] qui, bornant leur mission à conserver sa fortune, avaient laissé le soin de son éducation à des personnes de rang inférieur, animées uniquement par l'intérêt, il s'appliqua à cultiver son imagination plus que son jugement. Il était rempli de ces sentiments romanesques d'honneur et de probité[2] qui causent si souvent la ruine des jeunes gens sans expérience. Il croyait que la vertu régnait dans tous les cœurs et que la Providence[3] n'avait laissé le vice dans le monde que pour lui donner un effet plus pittoresque, comme dans les romans. Il ne voyait d'autres misères dans la vie des gens de la campagne que d'être vêtus d'habits grossiers, qui cependant préservent autant du froid que des vêtements plus somptueux, et ont en outre l'avantage de fournir des sujets intéressants à la peinture par leurs plis irréguliers et leurs couleurs variées. En un mot, il prenait les rêves des poètes pour des réalités. Il était bien fait, libre et riche : pour toutes ces raisons, il se vit entouré, dès son entrée dans le monde, par une foule de mères qui rivalisaient d'ingéniosité pour louer la langueur ou la vivacité de leurs filles. Celles-ci, par l'attitude enjouée qu'elles affichaient lorsqu'il s'approchait d'elles, et par leurs regards brillants lorsqu'il ouvrait la bouche, lui firent concevoir une haute opinion de ses talents et de son mérite. Attaché au roman qu'il s'était créé dans ses heures de solitude, il fut étonné de ne voir qu'illusion dans les peintures séduisantes des ouvrages dont il avait fait son étude. Néanmoins, trouvant quelque compensation dans les éloges qu'on prodiguait à sa vanité[4], il était sur le point d'abandonner ses rêves lorsque l'être extraordinaire que nous avons décrit plus haut croisa son chemin.

---

1. ***Tuteurs*** : personnes chargées de veiller sur un mineur.
2. ***Probité*** : honnêteté.
3. ***La Providence*** : l'action de Dieu sur ce qu'il a créé.
4. ***Vanité*** : autosatisfaction.

Aubrey se plut à l'observer; mais il lui fut impossible de concevoir distinctement le caractère d'un homme entièrement absorbé en lui-même, et qui ne donnait d'autre signe de son rapport au monde extérieur qu'en évitant son contact, reconnaissant par là tacitement[1] son existence. Cela lui permit de s'imaginer tout ce qui flattait son penchant pour les idées extravagantes; aussitôt, il vit dans ce personnage le héros d'un roman et se décida à substituer à l'être qu'il avait sous les yeux le fantôme que son imagination avait créé. Aubrey fit connaissance de lord Ruthven, lui témoigna beaucoup d'égards, et parvint enfin à être toujours remarqué de lui. Il apprit que lord Ruthven avait des soucis avec ses affaires, et qu'il se disposait à voyager. Désireux d'en savoir davantage sur ce caractère singulier qui avait attisé sa curiosité, Aubrey fit entendre à ses tuteurs qu'il était temps pour lui d'entreprendre ces voyages qui, depuis de nombreuses générations, ont été jugés nécessaires pour faire progresser les jeunes gens dans la carrière du vice[2] et les mettre sur un pied d'égalité avec les personnes plus expérimentées – cela pour qu'ils ne paraissent pas être tombés du ciel en entendant des intrigues scandaleuses, sujets de louanges ou de plaisanteries, selon qu'elles ont été conduites avec plus ou moins d'habileté. Les tuteurs d'Aubrey consentirent à ses désirs. Il fit part aussitôt de ses intentions à lord Ruthven et fut surpris qu'il lui proposât de l'accompagner. Flatté d'une telle marque d'estime de la part de celui qui paraissait n'avoir rien de commun avec les autres hommes, il accepta avec empressement et, en peu de jours, ils eurent traversé la mer.

Jusque-là, Aubrey n'avait pas eu l'occasion d'étudier le caractère de lord Ruthven et, à présent, bien qu'il fût témoin

1. ***Tacitement*** : sans l'exprimer, de façon implicite, sous-entendue.
2. ***La carrière du vice*** : l'art de se comporter en société qui, comme le suggère ironiquement l'auteur, implique faux-semblants, mensonges, etc.

de la plupart de ses actions, il ne parvenait pas à se faire un jugement précis de sa conduite. Son compagnon de voyage poussait la libéralité[1] jusqu'à la profusion[2]; le fainéant, le vagabond, le mendiant recevaient de sa main plus qu'il n'était nécessaire pour satisfaire leurs besoins immédiats. Mais Aubrey ne put s'empêcher de remarquer qu'il ne répandait jamais ses aumônes sur la vertu malheureuse : il la renvoyait toujours avec des ricanements à peine réprimés. Au contraire, lorsqu'un vil[3] débauché venait lui demander quelque chose, non pour subvenir à ses besoins, mais pour s'enfoncer davantage dans la débauche, il recevait un don considérable. Aubrey n'attribuait cette distinction qu'à l'importunité[4] plus grande du vice, qui généralement l'emporte sur la timidité de la vertu indigente[5]. Cependant une chose le frappait encore plus : ceux qui éprouvaient les effets de la charité de lord Ruthven périssaient sur l'échafaud ou tombaient dans la plus affreuse misère, comme si une malédiction y était attachée. À Bruxelles et dans toutes les villes où ils séjournèrent, Aubrey fut surpris de l'empressement apparent avec lequel son compagnon de voyage recherchait tous les lieux où le vice était à la mode. Il fréquentait assidûment les maisons de jeu; il pariait, et gagnait toujours, excepté lorsque son adversaire était un escroc patenté[6]; alors il perdait plus qu'il ne gagnait; mais ni la perte ni le gain n'imprimaient le plus léger changement sur le visage de lord Ruthven, impassible en toutes circonstances, hormis quand il était aux prises avec un jeune homme inexpérimenté ou avec le malheureux père d'une famille nombreuse;

---

1. ***Libéralité*** : générosité.
2. ***Jusqu'à la profusion*** : jusqu'à l'excès.
3. ***Vil*** : qui inspire le mépris.
4. ***À l'importunité*** : au désagrément.
5. ***La timidité de la vertu indigente*** : la discrétion de ceux qui sont pauvres mais vertueux.
6. ***Patenté*** : confirmé, reconnu.

ses désirs semblaient dicter des lois à la fortune ; il n'avait plus son air habituel ; ses yeux brillaient avec plus d'éclat que ceux du chat cruel qui joue avec la souris expirante. En quittant une ville, il y laissait le jeune homme, qu'il avait arraché à la société dont il faisait jadis l'ornement, maudissant, dans la solitude, le destin qui l'avait livré à cet esprit malfaisant, tandis que le père de famille, le cœur déchiré par les regards éloquents[1] de ses enfants mourant de faim, n'avait pas même conservé, de sa fortune autrefois considérable, une obole[2] pour satisfaire leurs besoins. Ruthven n'emportait aucun argent de la table de jeu ; il perdait aussitôt, avec un homme qui avait déjà ruiné plusieurs joueurs, cet or qu'il venait d'arracher aux mains d'un innocent. Ses succès supposaient un certain degré d'habileté, qui toutefois ne pouvait résister à la finesse d'un escroc expérimenté. Aubrey fut souvent sur le point de le faire remarquer à son ami, et de le prier de cesser les aumônes et les divertissements qui causaient la ruine de tous sans lui apporter aucun profit. Il différait toujours dans l'espoir que son ami lui donnerait l'occasion de lui parler à cœur ouvert. Cette occasion ne se présentait jamais ; lord Ruthven, dans sa voiture, regardant défiler les paysages variés de la nature exubérante et sauvage, était toujours le même : ses yeux parlaient encore moins que sa bouche. Bien qu'il le côtoyât chaque jour, c'était vainement qu'Aubrey cherchait à pénétrer l'objet de sa curiosité ; il ne pouvait découvrir un mystère que son imagination exaltée[3] commençait à croire surnaturel.

Ils arrivèrent bientôt à Rome, où Aubrey perdit quelque temps de vue son compagnon de voyage. Il le laissa dans la société d'une comtesse italienne, tandis que lui partait en

---

1. ***Éloquents*** : expressifs.
2. ***Une obole*** : un sou.
3. ***Exaltée*** : emballée, excitée.

quête des monuments d'une ville presque déserte. Pendant qu'il se livrait à ces recherches, il reçut des lettres de Londres qu'il ouvrit avec une vive impatience : la première débordante d'affection, était de sa sœur ; les autres, qui étaient de ses tuteurs, le frappèrent d'étonnement. Si Aubrey s'était déjà imaginé que le génie du mal animait lord Ruthven, il était presque confirmé dans cette idée par les lettres qu'il venait de lire. Ses tuteurs le pressaient de se séparer d'un ami dont le caractère était profondément dépravé et que ses talents de séducteur rendaient d'autant plus dangereux. On avait découvert que son mépris pour la femme adultère était loin d'avoir pour cause la haine de ses vices ; mais que, pour accroître son plaisir, il voulait précipiter sa victime – la complice de son crime –, du sommet de la vertu sans tache dans le gouffre le plus profond de l'infamie[1] et de la misère. En un mot, toutes les femmes dont il avait recherché la société, en apparence pour rendre hommage à leur vertu, avaient, depuis son départ, jeté le masque de la pudeur, et ne rougissaient pas d'exposer aux regards du public la laideur de leurs vices.

Aubrey se décida à quitter un homme dont le caractère, sous quelque angle qu'il l'eût considéré, ne lui avait jamais rien montré de positif. Il résolut de chercher quelque prétexte plausible[2] pour se séparer de lui. En attendant, il se promit de le surveiller de plus près, et de ne négliger aucune circonstance susceptible de le renseigner sur cet individu. Il se fit présenter dans la société que Ruthven fréquentait et s'aperçut bientôt que le lord cherchait à séduire la fille de la comtesse. En Italie, les jeunes personnes paraissent peu dans le monde avant leur mariage. Il était donc obligé d'agir en secret, mais Aubrey suivait des yeux toutes ses démarches, et il découvrit bientôt qu'un rendez-vous avait été fixé, dont le résultat devait être

1. ***Infamie*** : action ou parole basse et méprisable.
2. ***Plausible*** : vraisemblable.

la ruine d'une jeune fille aussi innocente qu'inconsidérée[1]. Sans perdre de temps, Aubrey entra dans le cabinet de lord Ruthven, l'interrogea sans détours sur ses intentions à l'égard de cette demoiselle et le prévint qu'il avait connaissance de l'entrevue qu'il devait avoir avec elle la nuit même. Lord Ruthven répondit que ses intentions étaient celles de tout autre en pareille occasion. Aubrey le pressa et voulut savoir s'il songeait au mariage. En guise de réponse, Ruthven se contenta de rire. Aubrey se retira et lui écrivit quelques lignes pour l'informer qu'il renonçait à l'accompagner dans le reste de ses voyages. Il ordonna à son domestique de lui chercher d'autres appartements et courut apprendre à la mère de la jeune personne tout ce qu'il savait non seulement sur la conduite de sa fille, mais aussi sur le caractère de lord Ruthven. On mit obstacle au rendez-vous. Le lendemain, lord Ruthven se contenta d'envoyer son domestique à Aubrey pour lui faire savoir qu'il adhérait entièrement à ses projets de séparation ; mais il ne laissa percer aucun soupçon sur la part que son ancien ami avait eue dans la ruine de ses projets.

En quittant Rome, Aubrey dirigea ses pas vers la Grèce, et arriva bientôt à Athènes, après avoir traversé la Péninsule. Il s'y logea dans la maison d'un Grec. Bientôt il s'occupa à rechercher les traces d'une gloire passée sur ces monuments qui, sans doute honteux d'exposer les exploits d'hommes libres aux yeux d'un peuple esclave, semblaient s'être cachés dans la terre ou sous des lichens[2] multicolores. Sous le même toit que lui vivait une jeune fille si belle, si délicate, qu'un peintre l'aurait choisie pour modèle, s'il avait voulu représenter sur la toile l'image des houris[3] que Mahomet promet au fidèle croyant ; seulement, les yeux de la jeune femme montraient

1. ***Inconsidérée*** : inconsciente, irréfléchie.
2. ***Lichens*** : petits végétaux.
3. ***Houris*** : femmes d'une beauté céleste que le Coran promet au musulman fidèle dans le paradis d'Allah.

bien plus d'esprit que ne peuvent en avoir ces beautés à qui le Prophète refuse une âme. Qu'elle dansât dans la plaine, ou qu'elle courût sur le versant des montagnes, elle paraissait surpasser la gazelle[1] en beautés. Le disciple d'Épicure[2] peut aimer le regard de l'animal, rempli d'une volupté langoureuse ; mais qui ne lui préfère des yeux où semble respirer la nature entière ! Ianthe[3], de son pas léger, accompagnait souvent Aubrey dans ses recherches des monuments antiques et, tandis qu'elle se lançait à la poursuite d'un papillon soyeux, son vêtement doucement agité par le souffle du vent dévoilait la beauté de ses formes au regard avide du jeune homme. Contemplant la silhouette de nymphe de Ianthe il oubliait l'inscription, presque effacée, qu'il venait de déchiffrer. Tandis qu'elle se mouvait près de lui, sa chevelure ondulée offrait des nuances si délicates sous les rayons du soleil qu'il était bien excusable de ne plus penser à la ruine qu'il avait jusque-là considérée de la dernière importance pour interpréter un passage de Pausanias[4]. Pourquoi s'efforcer de décrire des charmes que chacun sent mais que personne ne peut exprimer ? C'étaient l'innocence, la jeunesse et la beauté que n'avaient flétries[5] ni les salons bondés ni les bals étouffants. Tandis qu'Aubrey dessinait les ruines dont il voulait conserver le souvenir, elle se tenait près de lui et observait les effets magiques du pinceau qui retraçait les scènes du lieu de sa naissance. Elle lui décrivait alors les danses dans l'étendue des plaines, lui dépeignait, avec l'enthousiasme de sa jeunesse, la pompe[6] d'une noce dont elle avait été le témoin dans son

1. ***Gazelle*** : mammifère à cornes annelées, à longues pattes fines, vif et très rapide.
2. ***Épicure*** (341-270 av. J.-C.) : philosophe grec.
3. ***Ianthe*** : c'est le nom de la jeune fille.
4. ***Pausanias le Périégète*** : géographe et écrivain du IIe siècle apr. J.-C., auteur d'une importante *Description de la Grèce*.
5. ***Flétries*** : altérées.
6. ***Pompe*** : magnificence, splendeur.

enfance. Quelquefois, elle ramenait la conversation sur un sujet qui, de toute évidence, l'avait plus vivement frappée, lui répétant tous les contes surnaturels dont l'avait effrayée sa nourrice. La vive animation et la ferme croyance qui animaient sa narration excitaient l'attention d'Aubrey. Souvent, quand elle lui racontait l'histoire du vampire qui, après avoir passé un long moment au milieu d'amis et de parents, était forcé, pour prolonger quelque peu son existence, de dévorer chaque année une belle jeune femme, le sang d'Aubrey se glaçait, quoiqu'il s'efforçât de chasser d'un rire ces contes horribles et chimériques[1]. Mais Ianthe lui citait le nom de plusieurs vieillards qui avaient découvert un vampire vivant au milieu d'eux, après qu'un grand nombre de leurs parents et de leurs enfants eurent été trouvés morts avec les signes de la voracité du démon. Affligée par l'incrédulité[2] d'Aubrey, elle le suppliait d'ajouter foi[3] à son récit, car, disait-elle, on avait remarqué que ceux qui avaient osé mettre en doute l'existence des vampires en avaient trouvé des preuves si terribles qu'ils avaient été forcés, avec une souffrance qui leur brisait le cœur, d'avouer leur erreur. Elle lui dépeignit l'apparence de ces monstres, telle que la tradition la représentait. Le sentiment d'horreur qu'elle avait fait naître chez Aubrey attint son comble lorsque ce portrait lui rappela tous les traits de lord Ruthven ; il persista cependant à vouloir la persuader que ses craintes étaient imaginaires mais, en même temps, il s'étonnait de ce faisceau de coïncidences qui tendaient à lui faire croire au caractère surnaturel de lord Ruthven.

Aubrey s'attachait de plus en plus à Ianthe ; son cœur était touché de son innocence qui contrastait si fort avec l'affectation[4] des femmes au milieu desquelles il avait

---

1. ***Chimériques*** : fabuleux.
2. ***Incrédulité*** : doute.
3. ***Ajouter foi*** : croire.
4. ***Affectation*** : attitude maniérée.

cherché à réaliser ses rêves romanesques. Il trouvait ridicule la pensée de l'union d'un jeune Anglais avec une Grecque sans éducation, et cependant son amour pour Ianthe augmentait chaque jour. Quelquefois il essayait de se séparer d'elle pour quelque temps ; projetant d'aller à la recherche d'antiquités, il partait déterminé à ne revenir que lorsqu'il aurait atteint son but ; mais comment fixer son attention sur les ruines qui l'environnaient en conservant dans son esprit une image qui semblait être seule en droit de l'occuper ? Ianthe ignorait l'amour qu'elle avait fait naître. Elle gardait la naïveté enfantine qui avait enchanté Aubrey quand il l'avait rencontrée. Elle paraissait toujours se séparer de lui avec répugnance ; mais c'était seulement parce qu'elle n'avait plus personne avec qui visiter les lieux qu'elle aimait à fréquenter, quand son compagnon était occupé à découvrir ou à dessiner quelque ruine qui avait échappé à la main destructrice du temps. Pour convaincre Aubrey au sujet des vampires, elle en avait appelé au témoignage de ses parents, et tous deux, ainsi que plusieurs personnes présentes, avaient confirmé leur existence en pâlissant d'horreur au seul nom de ces monstres. Peu de temps après, Aubrey résolut de faire une excursion qui ne devait le retenir que quelques heures ; quand il eut nommé l'endroit où il devait aller, chacun le supplia de revenir avant la nuit, car il fallait traverser un bois dans lequel aucun Grec n'aurait osé rester après le coucher du soleil. On lui dépeignit ce lieu comme le rendez-vous des vampires pour leurs orgies[1] nocturnes, et on lui prédit les plus affreux malheurs s'il osait croiser leur chemin. Aubrey fit peu de cas de leurs mises en garde et s'efforça de sourire de leurs craintes ; mais lorsqu'il les vit trembler à la pensée qu'il osait se moquer de cette puissance infernale et terrible, dont le nom seul les glaçait de terreur, il garda le silence.

1. ***Orgies*** : parties de débauches.

Le lendemain matin, au moment de partir sans escorte pour son excursion, Aubrey fut surpris de la consternation répandue sur le visage de ses hôtes. Comment ses railleries sur la croyance de ces monstres affreux avaient-elles pu inspirer autant de terreur ? Au moment où il s'apprêtait à partir, Ianthe s'approcha de son cheval et supplia le jeune homme avec insistance d'être de retour avant que la nuit eût rendu à ces êtres horribles l'exercice de leur pouvoir. Il le promit. Cependant ses recherches l'occupèrent à un tel point qu'il ne s'aperçut pas que le jour tombait, et qu'il y avait à l'horizon un de ces nuages noirs qui, dans les climats très chauds, se convertissent très vite en masse épouvantable et déchargent leur rage sur les campagnes désolées. Il finit par remonter à cheval, résolu de regagner par la vitesse de sa course le temps qu'il avait perdu ; mais il était trop tard. On connaît à peine le crépuscule[1] dans les pays méridionaux ; la nuit commence immédiatement après le coucher du soleil. Avant qu'il eût fait beaucoup de chemin, l'orage éclata dans toute sa furie ; les coups de tonnerre étaient si rapprochés que, répétés par les échos d'alentour, ils faisaient un bruit continu. La pluie, tombant à torrents, eut bientôt traversé le couvert du feuillage ; les éclairs semblaient éclater à ses pieds. Tout à coup son cheval épouvanté l'emporta au plus épais de la forêt. L'animal s'arrêta lorsqu'il fut harassé[2] de fatigue. À la lueur des éclairs, Aubrey découvrit une chaumière qui émergeait à peine des broussailles et des feuilles mortes tout autour. Il descendit de cheval et s'approcha de la chaumière, espérant y trouver un guide qui le ramenât à la ville ou, tout au moins, un abri contre les fureurs de la tempête. Le tonnerre, cessant un moment de gronder, lui permit d'entendre les hurlements

1. ***Crépuscule*** : lumière incertaine qui succède immédiatement au coucher du soleil.

2. ***Harassé*** : épuisé.

affreux d'une femme, mêlés aux éclats étouffés d'un rire insultant; effrayé, mais rappelé à lui par le tonnerre qui se remit à gronder au-dessus de sa tête, il fit un effort pour ouvrir la porte de la chaumière. Il se trouva dans une obscurité profonde; cependant les bruits qu'il avait entendus guidèrent ses pas. Sans doute ne s'était-on pas aperçu de son arrivée. Il appela, les cris continuaient comme si on ne l'entendait pas; en s'avançant, il heurta un homme qu'il saisit, et une voix retentit : «Encore joué!» Un éclat de rire succéda à ces paroles. Aubrey se sentit happé par une force qui lui sembla plus qu'humaine. Résolu de vendre chèrement sa vie, il lutta, mais en vain; il fut bientôt soulevé du sol et violemment renversé. Son ennemi se jeta sur lui et, s'agenouillant sur sa poitrine, il portait ses mains à sa gorge quand la lumière de plusieurs torches pénétrant dans la chaumière le troubla; il se leva aussitôt et, abandonnant sa proie, s'élança au-dehors. Un moment après, on n'entendit plus le froissement des branches qu'il heurtait dans sa fuite. L'orage s'était calmé tout à fait, et les nouveaux venus entendirent les plaintes d'Aubrey qui était incapable de bouger. La lueur de leurs torches éclaira les murs et le chaume du toit couvert de noirs flocons de suie. À la prière d'Aubrey, ils cherchèrent la femme dont il avait entendu les cris. Il se retrouva à nouveau dans l'obscurité. Mais quelle ne fut pas son horreur lorsque, à la lueur des torches qui revinrent, il reconnut la silhouette aérienne de la belle compagne de ses courses dans le cadavre qu'on apportait! Il ferma les yeux, espérant que tout cela ne fût qu'une vision de son imagination dérangée; cependant, lorsqu'il les rouvrit, il aperçut le même corps étendu à son côté. Les joues et les lèvres d'Ianthe étaient décolorées; mais le calme de son visage la rendait aussi attachante que lorsqu'elle jouissait de la vie. Son cou et sa poitrine étaient couverts de sang et sa gorge portait les marques des dents qui avaient ouvert ses veines. À cette vue, simultanément frappé d'horreur, tout le monde s'écria :

« Un vampire ! un vampire ! » On fabriqua à la hâte un brancard sur lequel on plaça Aubrey à côté de celle qui avait été l'objet de tant de rêveries. Visions brillantes et fugitives évanouies avec la fleur de la vie[1] d'Ianthe ! Il n'était plus le maître de ses pensées ; son esprit engourdi semblait éviter toute réflexion et chercher refuge dans le néant ; il tenait à la main, presque sans le savoir, un poignard d'une forme extraordinaire qu'on avait trouvé dans la cabane. Bientôt le triste cortège rencontra plusieurs personnes que la mère d'Ianthe avait envoyées à sa recherche, dès qu'elle s'était aperçue de son absence. À l'approche de la ville, les plaintes du cortège apprirent aux parents qu'il était arrivé une catastrophe. Il serait impossible de dépeindre leur désespoir ; mais quand ils eurent acquis la certitude de la cause de la mort de leur fille, ils regardèrent Aubrey en désignant le cadavre. Inconsolables, tous deux moururent de désespoir.

À peine Aubrey fut-il mis au lit qu'une fièvre violente le saisit et qu'il délira ; pendant ces accès, il appelait successivement lord Ruthven et Ianthe. Par une étrange association d'idées, il semblait supplier son ancien ami d'épargner l'objet de son amour. D'autres fois, il appelait la malédiction sur ce dernier et l'accusait d'avoir tué la jeune fille. À cette époque, lord Ruthven arriva à Athènes et, on ne sait par quel motif, dès qu'il apprit l'état d'Aubrey, il vint habiter la même maison que lui, et lui donna des soins constants. Lorsque Aubrey revint de son délire, il fut saisi d'horreur en découvrant celui dont le souvenir se mêlait désormais dans son esprit à l'image d'un vampire. Mais, par ses douces paroles, qui semblaient exprimer son repentir[2] de la faute qui avait causé leur séparation, et plus encore par ses attentions, son inquiétude et ses soins assidus,

1. ***Fleur de la vie*** : jeunesse.
2. ***Repentir*** : sentiment de regret d'une faute accompagné du désir de la réparer.

Ruthven lui rendit bientôt sa présence agréable. Il paraissait tout à fait changé : ce n'était plus cet être apathique[1] qui avait tant étonné Aubrey. Cependant, à peine le malade entra-t-il dans sa convalescence que le lord revint peu à peu à son ancien caractère ; Aubrey n'y trouva plus aucune différence. Il s'étonnait quelquefois de voir son regard fixé sur lui tandis que ses lèvres étaient animées d'un sourire malin[2]. Sans pouvoir expliquer pourquoi, Aubrey était hanté par cette grimace. Sur la fin de la guérison du malade, lord Ruthven paraissait exclusivement occupé à contempler les vagues soulevées par la brise rafraîchissante ou à observer la marche des planètes qui, comme notre globe, tournent autour du soleil immobile ; il semblait vouloir éviter tous les regards.

Le choc qu'Aubrey avait reçu avait beaucoup affaibli ses facultés mentales ; la vivacité d'imagination qui le distinguait autrefois semblait l'avoir à jamais abandonné. Désormais, le silence et la solitude avaient autant de charmes pour lui que pour lord Ruthven. Mais cette solitude qu'il aimait tant, il ne pouvait la trouver dans le voisinage d'Athènes ; s'il la cherchait au milieu des ruines qu'il avait autrefois fréquentées, l'image d'Ianthe le suivait toujours ; s'il la cherchait dans la forêt, il croyait entendre dans les taillis les pas légers de la jeune fille occupée à cueillir l'humble violette. Et, brusquement, sa sombre imagination lui présentait Ianthe, le visage pâle et la poitrine ensanglantée, un sourire mélancolique[3] sur ses lèvres décolorées. Il résolut de fuir une contrée où tout lui rappelait des souvenirs amers[4]. Il proposa à lord Ruthven, à l'égard de qui il se sentait reconnaissant, de parcourir ces contrées de la Grèce qui leur étaient encore inconnues. Ils rayonnèrent dans la région, n'oubliant aucun lieu auquel étaient attachés

1. ***Apathique*** : indifférent.
2. ***Malin*** : mauvais, méchant.
3. ***Mélancolique*** : triste.
4. ***Amers*** : tristes et douloureux.

d'illustres souvenirs. Cependant, alors qu'ils se hâtaient ainsi d'un endroit à l'autre, ils ne semblaient pas prêter attention à ce qu'ils contemplaient. On leur parla beaucoup de brigands, mais ils en vinrent à faire peu de cas de ces rumeurs, dont ils attribuaient l'invention aux habitants qui avaient intérêt à exciter la générosité de ceux qu'ils protégeraient contre des prétendus dangers. Négligeant les avis des gens du pays, ils voyagèrent un jour avec un petit nombre de gardes destinés à leur servir de guides plutôt qu'à les défendre. Mais, au moment où ils entraient dans un défilé[1] étroit, au fond duquel coulait un torrent dont le lit était encombré d'énormes blocs de roche que les orages avaient détachés des parois à pic, ils regrettèrent leur insouciance ; car à peine toute leur troupe fut-elle engagée dans cet étroit passage qu'ils entendirent avec effroi le sifflement de plusieurs balles au-dessus de leurs têtes et, un instant après, les échos d'armes à feu. Aussitôt leurs gardes les quittèrent pour s'abriter derrière des rochers et commencer à faire feu du côté d'où les coups étaient partis. Imitant leur exemple, lord Ruthven et Aubrey se replièrent derrière l'abri formé par un coude du défilé, mais bientôt honteux de fuir un ennemi qui les défiait d'avancer par des cris insultants, et se voyant exposés à une mort presque certaine si quelques brigands grimpaient sur les rochers qui les surplombaient pour les prendre par-derrière, ils résolurent de se précipiter à leur rencontre. À peine eurent-ils dépassé le rocher qui les protégeait que lord Ruthven reçut une balle dans l'épaule, qui le renversa. Aubrey courut pour le secourir et, oubliant son propre péril, se vit bientôt entouré par les brigands. Les gardes avaient baissé les armes dès que lord Ruthven avait été blessé et s'étaient rendus.

Par la promesse d'une grande récompense, Aubrey engagea les brigands à transporter son ami blessé dans une

1. ***Défilé*** : couloir naturel, très encaissé et étroit.

chaumière voisine. Il convint avec eux d'une rançon, et ne fut plus importuné par leur présence; ils se contentèrent de garder l'entrée de la chaumière jusqu'au retour de leur camarade qui était allé toucher la somme promise avec un ordre de paiement d'Aubrey. Les forces de lord Ruthven s'affaissèrent rapidement; deux jours après, la gangrène[1] infecta sa blessure et la mort parut s'avancer à grands pas. Les traits et l'attitude de lord Ruthven restaient inchangés. Il paraissait aussi insensible à sa douleur qu'il l'avait été aux objets qui l'environnaient. Cependant, vers la fin du dernier jour, son esprit parut fort agité : ses yeux se fixaient souvent sur Aubrey, qui lui prodiguait ses soins avec la plus grande sollicitude[2]. «Secourez-moi! vous le pouvez… Sauvez… je ne dis pas ma vie; rien ne peut la sauver; je ne la regrette pas plus que le jour qui vient de finir; mais sauvez mon honneur, l'honneur de votre ami. – Comment? Que voulez-vous dire? Je ferai tout pour vous, répondit Aubrey. – Je ne demande pas grand-chose; la vie m'abandonne; je ne puis tout vous expliquer… Mais si vous gardez le silence sur ce que vous savez de moi, mon honneur sera sans tache; et si, pendant quelque temps, on ignorait ma mort en Angleterre… et… ma vie. – Tout le monde l'ignorera. – Jurez, cria le mourant en se levant avec une violence exaltée, jurez par tout ce que votre âme révère[3], par tout ce qu'elle craint, jurez qu'avant un an et un jour, personne n'apprendra de votre bouche les détails de ma mort ou les crimes de ma vie, quoi qu'il puisse arriver, quoi que vous puissiez voir!» Ses yeux semblaient sortir de leur orbite. «Je le jure», dit Aubrey. Lord Ruthven retomba sur son oreiller avec un rire affreux, et il expira.

Aubrey se retira pour se reposer, mais il ne put dormir; tous les événements qui avaient marqué ses relations avec

1. ***Gangrène*** : pourrissement des chairs que le sang n'irrigue plus.
2. ***La plus grande sollicitude*** : le plus grand soin.
3. ***Révère*** : adore avec respect.

cet homme revenaient à son esprit, sans qu'il sût pourquoi ; lorsqu'il se rappelait son serment, un frisson parcourait ses veines, comme s'il eût été agité par un horrible pressentiment. Il se leva de grand matin et, au moment où il entrait dans la chambre où il avait laissé le corps, il apprit d'un des brigands que, conformément à la promesse qu'ils avaient faite à lord Ruthven, ils l'avaient transporté au sommet d'une montagne voisine pour qu'il y fût exposé aux premiers rayons de la lune qui devait se lever peu de temps après sa mort. Surpris de ce récit, et emmenant avec lui quelques-uns des brigands, Aubrey décida d'aller à l'endroit où ils avaient laissé le corps, pour l'ensevelir ; mais arrivé au sommet de la montagne, il ne trouva aucune trace du lord ni de ses vêtements, quoique les bandits assurassent qu'ils ne se trompaient pas de lieu. Mille conjectures[1] se présentèrent à Aubrey, mais il s'éloigna enfin, convaincu qu'on avait enterré le cadavre après l'avoir dépouillé de ses habits.

Lassé d'un pays où il avait éprouvé des malheurs si terribles, et où tout semblait conspirer à augmenter la mélancolie que des idées superstitieuses avaient fait naître dans son âme, il résolut de partir et arriva bientôt à Smyrne[2]. Tandis qu'il attendait un vaisseau qui devait le transporter à Otrante[3] ou à Naples, il s'occupa à mettre en ordre quelques effets qui avaient appartenu à lord Ruthven. Entre autres objets, il trouva une cassette qui contenait plusieurs armes offensives plus ou moins propres à tuer la victime qui en était frappée ; il y avait plusieurs poignards et sabres orientaux. Alors qu'il examinait leurs formes curieuses, quelle ne fut sa surprise de rencontrer un fourreau dont les ornements étaient du même goût que ceux du poignard trouvé dans la fatale chaumière !

1. ***Conjectures*** : hypothèses.
2. ***Smyrne*** : ville portuaire de Turquie.
3. ***Otrante*** : ville portuaire des Pouilles, à l'extrémité sud-est de l'Italie.

Il frissonna ; pour mettre un terme à son incertitude, il courut chercher cette arme et découvrit avec horreur qu'elle s'adaptait parfaitement au fourreau qu'il tenait dans la main. Ses yeux n'avaient pas besoin d'autres preuves ; ils ne pouvaient se détacher du poignard. Aubrey aurait voulu récuser le témoignage de sa vue ; mais la forme particulière de l'arme, les splendides ornements de la poignée, identiques à ceux du fourreau, ne permettaient plus de douter ; bien plus, l'un et l'autre étaient tachés de sang.

Il quitta Smyrne pour retourner dans sa patrie et, passant à Rome, il s'informa de la jeune personne qu'il avait tenté d'arracher aux pouvoirs séducteurs de lord Ruthven. Ses parents étaient dans la détresse ; ils avaient perdu toute leur fortune, et on n'avait plus entendu parler de leur fille depuis le départ du lord. L'esprit d'Aubrey était accablé de tant d'horreurs : il craignait qu'Émilie n'eût été la victime du meurtrier d'Ianthe ! Il plongea dans une sombre rêverie dont il ne semblait sortir que pour presser les postillons[1], comme s'il devait sauver la vie de quelqu'un qui lui était cher. Enfin, il arriva à Calais ; un vent qui paraissait seconder sa volonté le conduisit en peu d'heures sur les rivages de l'Angleterre. De retour dans la maison paternelle, il sembla oublier pour un moment, au milieu des embrassements de sa sœur, tout souvenir du passé. Les caresses enfantines de celle-ci avaient autrefois gagné son affection et, aujourd'hui qu'elle était embellie des grâces de son sexe[2], sa société était devenue encore plus précieuse à son frère.

Miss Aubrey n'avait pas ces dehors séduisants qui s'attirent les regards et les applaudissements dans les cercles et les assemblées. Elle ne possédait pas cet éclat que l'on ne trouve que dans les salons. Son œil bleu n'exprimait

---

1. ***Postillons*** : cochers.

2. ***De son sexe*** : du sexe féminin.

pas la vivacité d'un esprit enjoué; mais il respirait cette douce mélancolie qui ne paraît pas due au malheur mais au sentiment profond d'une âme qui espère un monde meilleur. Sa démarche n'était pas légère comme celle de la beauté qui poursuit un papillon ou une couleur attrayante; elle était calme et réfléchie. Lorsqu'elle était seule, le sourire de la joie ne venait jamais éclairer son visage; mais quand son frère lui témoignait son affection, quand il oubliait auprès d'elle les chagrins qui avaient troublé son repos, qui n'aurait préféré son sourire à celui d'une femme voluptueuse? Tous ses traits peignaient alors les sentiments qui étaient naturels à son âme. Elle n'avait que dix-huit ans, et n'avait pas encore paru dans la société, ses tuteurs ayant pensé qu'il convenait d'attendre le retour de son frère, qui serait son protecteur. On avait décidé que la première assemblée à la cour serait la date de son entrée dans le monde. Aubrey aurait préféré demeurer chez lui pour se livrer sans réserve à sa mélancolie. Il ne pouvait plus se complaire dans les frivolités de la mode, depuis que les événements dont il avait été le témoin le tourmentaient; mais il résolut de sacrifier ses goûts à l'intérêt de sa sœur. Ils arrivèrent à Londres et se préparèrent à paraître le lendemain à l'assemblée qui devait avoir lieu à la cour.

La foule était prodigieuse; il n'y avait pas eu de réception à la cour depuis longtemps, et tous ceux qui étaient désireux d'obtenir la faveur d'un sourire royal étaient là. Aubrey s'y rendit avec sa sœur. Il se tenait dans un coin, insensible à tout ce qui se passait autour de lui, se rappelant un souvenir amer : c'était dans ce lieu même qu'il avait vu lord Ruthven pour la première fois. Tout à coup, il se sentit saisi par le bras, et une voix qu'il ne reconnut que trop bien retentit à son oreille : «Souviens-toi de ton serment!» Il osait à peine se retourner, redoutant de voir un spectre[1] qui l'aurait anéanti,

---

1. *Spectre* : fantôme.

lorsqu'il aperçut, à quelques pas de lui, le même personnage qui avait attiré son attention dans ce lieu lors de sa première entrée dans le monde. Il ne put en détourner ses yeux ; mais bientôt ses jambes se dérobèrent sous lui et il fut obligé de prendre le bras d'un ami pour se soutenir. Se frayant un chemin à travers la foule, il se jeta dans sa voiture et se fit ramener chez lui. Il se promenait dans sa chambre à pas précipités, appuyant ses mains sur sa tête, comme s'il eût craint que des pensées pussent s'échapper de son cerveau. Lord Ruthven encore là devant lui… le poignard… son serment… Il s'ébroua pour chasser cette idée folle. Le mort s'était-il réveillé ? Comment était-ce possible ? Peut-être son imagination avait-elle produit devant ses yeux le fantôme de celui dont le souvenir le hantait ? Ce spectre ne pouvait être réel. Aubrey résolut de retourner dans la société ; car quoiqu'il essayât d'interroger les gens qui l'entouraient sur lord Ruthven, ce nom expirait toujours sur ses lèvres, et il ne pouvait jamais obtenir la moindre information. Quelque temps après, il accompagna sa sœur chez un de ses proches parents. La laissant auprès d'une dame respectable, il se mit à l'écart pour se livrer aux pensées qui le dévoraient. S'apercevant enfin que le monde se retirait, il sortit de sa rêverie et entra dans la salle voisine ; il y trouva sa sœur entourée d'un groupe nombreux, apparemment engagée dans une conversation animée ; il voulut s'ouvrir un passage jusqu'à elle lorsqu'une personne, qu'il priait de le laisser passer, se retourna et lui montra les traits qu'il abhorrait[1] le plus au monde. Aubrey s'élança aussitôt vers sa sœur, la saisit par le bras et l'entraîna d'un pas rapide ; à la porte de la maison, il se vit arrêté par la foule des domestiques qui attendaient leurs maîtres ; en passant au milieu d'eux, il entendit encore cette voix trop connue lui répéter tout bas :

1. ***Abhorrait*** : haïssait.

« Souviens-toi de ton serment ! » Il n'osa pas se retourner mais entraîna plus vivement sa sœur et fut bientôt rentré.

Aubrey était sur le point de perdre la raison. Si déjà autrefois il était tout entier occupé par une seule chose, il l'était plus encore aujourd'hui qu'il avait acquis la certitude de la résurrection du monstre ! Il restait désormais insensible aux soins de sa sœur : c'était en vain qu'elle le pressait de lui expliquer la cause de son brusque départ. Il ne lui répondait que par quelques mots entrecoupés qui la glaçaient d'effroi. Plus il réfléchissait, plus son esprit s'égarait. Son serment l'épouvantait ; devait-il laisser le monstre chercher librement une nouvelle victime ? Devait-il le laisser dévorer ce qu'il avait de plus cher, sans prévenir les effets d'une rage qui pouvait être assouvie sur sa propre sœur ? Mais quand il violerait son serment, quand il dévoilerait ses soupçons, qui ajouterait foi à son récit ? Il pensa que sa main devait délivrer le monde d'un tel fléau[1] ; mais, hélas ! il se souvint que le monstre s'était joué de la mort. Pendant quelques jours, il demeura dans cet état, enfermé dans sa chambre, sans voir personne, et ne mangeant que ce que sa sœur lui apportait en le conjurant[2], les larmes aux yeux, de soutenir sa vie[3] par pitié pour elle. Enfin, ne pouvant plus supporter le silence et la solitude, il quitta sa maison, et erra de rue en rue, pour fuir le fantôme qui le poursuivait. Ses vêtements étaient négligés, et il était exposé aussi souvent aux ardeurs du soleil qu'à la fraîcheur des nuits. Dans les premiers temps, il rentrait chez lui chaque soir ; mais bientôt il se couchait là où la fatigue le forçait à s'arrêter. Sa sœur, craignant pour sa sûreté, le faisait suivre par ses domestiques ; mais il les distançait vite, lui qui fuyait un poursuivant plus rapide que n'importe qui : ses propres

1. ***Fléau*** : calamité ; chose, personne funeste.
2. ***Conjurant*** : suppliant.
3. ***Soutenir sa vie*** : rester en vie.

pensées. Cependant sa conduite changea tout à coup. Frappé de l'idée que son absence laissait ses amis exposés à la fureur d'un monstre qu'ils ne connaissaient pas, il résolut de revenir encore dans le monde pour surveiller de près lord Ruthven, et mettre en garde tous ceux dans l'intimité desquels il chercherait à s'immiscer. Mais, lorsqu'il entrait dans un salon, ses yeux étaient si hagards[1], son air si soupçonneux et son agitation intérieure si visible que sa sœur fut obligée de le prier de renoncer à la société, puisqu'elle l'affectait si péniblement. Ses conseils furent inutiles; alors ses tuteurs, craignant que sa raison ne s'aliénât[2], jugèrent qu'il leur fallait à nouveau employer l'autorité que les parents d'Aubrey leur avaient confiée.

Voulant lui épargner les accidents et les souffrances auxquels il était chaque jour exposé dans ses courses vagabondes, et dérober aux yeux du public les marques de ce qu'ils prenaient pour de la folie, ils engagèrent un médecin à demeurer à ses côtés pour lui donner des soins assidus. Il parut à peine s'apercevoir de sa présence, tant était profonde la préoccupation de son esprit. Le désordre de ses idées s'accrut à un point tel qu'on fut obligé de le confiner dans sa chambre. Il y demeurait souvent plusieurs jours de suite dans un état de stupeur, d'où rien ne pouvait le faire sortir. Sa maigreur était devenue extrême, ses yeux avaient pris un éclat vitreux. Seule la présence de sa sœur parvenait à lui faire exprimer un signe de réminiscence[3] et d'affection. Alors, parfois, il s'avançait vers elle, lui prenait les mains avec vivacité, jetait sur elle des regards qui la faisaient trembler et s'écriait : «Ah ! ne le touche pas ! Au nom de l'amour qui nous unit, ne t'approche pas de lui ! » Mais quand elle lui demandait de qui il voulait parler,

---

1. ***Hagards*** : effarés, perdus.
2. ***Que sa raison ne s'aliénât*** : qu'il devînt fou.
3. ***Réminiscence*** : souvenir vague, où domine une tonalité affective.

il ne répondait que par ces mots : « C'est vrai ! Ce n'est que trop vrai ! » et il retombait dans un abattement dont même elle ne parvenait pas à l'extraire. Plusieurs mois se passèrent ainsi ; cependant, à mesure que l'année s'écoulait, ses moments d'aliénation[1] devinrent moins fréquents ; sa sombre mélancolie parut s'éclaircir par degrés. Ses tuteurs l'avaient vu plusieurs fois sourire de contentement après avoir compté sur ses doigts un nombre déterminé.

Cette année était sur le point de s'achever lorsqu'un des tuteurs d'Aubrey entra dans sa chambre, et s'entretint avec le médecin du malheur qui retenait son pupille[2] dans une situation si déplorable au moment où sa sœur allait se marier. Aussitôt l'attention d'Aubrey s'éveilla, il demanda avec inquiétude quel homme elle devait épouser. Ravis de cette marque d'un retour à la raison qu'ils n'osaient espérer, ils lui nommèrent le comte de Marsden. Aubrey parut se réjouir de cette nouvelle, croyant avoir connu dans la société un jeune homme qui portait ce nom. Il les étonna encore davantage en leur disant qu'il souhaitait assister aux noces et qu'il voulait voir sa sœur. Ils ne répondirent rien mais, quelques moments après, sa sœur fut auprès de lui. Il semblait à nouveau en état d'être touché par son aimable sourire, car il la serra contre son cœur et l'embrassa avec transport. Miss Aubrey versait des larmes de joie en voyant son frère renaître à la santé et aux sentiments de l'amour fraternel. Il se mit à lui parler avec la chaleur qui était la sienne autrefois et à la féliciter de son mariage avec un homme distingué tant par son rang que par ses bonnes qualités. Tout à coup, il remarqua un médaillon sur la poitrine de sa sœur ; quand il l'ouvrit, quelle ne fut sa surprise en reconnaissant les traits du monstre qui avait eu tant d'influence sur sa destinée ! Il saisit le portrait avec

1. ***D'aliénation*** : de folie.
2. ***Pupille*** : orphelin mineur placé sous l'autorité d'un tuteur.

fureur et l'écrasa sous ses pieds. Sa sœur lui demanda pour quelle raison il traitait ainsi l'image de son futur époux ; il la regarda comme s'il ne comprenait pas sa question ; saisissant ses mains et posant sur elle un regard frénétique[1] : « Jure-moi, s'écria-t-il, jure-moi de ne jamais t'unir à ce monstre ; c'est lui… » Il ne put achever ; il crut entendre la voix familière lui rappeler son serment ; il se retourna soudainement, imaginant que lord Ruthven était derrière lui ; mais il ne vit personne ; ses tuteurs et le médecin qui avaient tout entendu accoururent et, pensant que c'était un nouvel accès de folie, le séparèrent de miss Aubrey qu'ils engagèrent à se retirer. Il tomba à genoux, il les supplia de différer d'un jour le mariage. Ils prirent ses prières pour une nouvelle preuve de démence, tâchèrent de le calmer et se retirèrent.

Le lendemain de l'assemblée qui avait eu lieu à la cour, lord Ruthven s'était présenté chez Aubrey ; mais il n'avait pu le voir, le malade ne recevait personne. Lorsqu'il apprit la maladie d'Aubrey, il comprit facilement qu'il en était la cause ; mais lorsqu'il sut que son esprit était aliéné[2], sa joie fut si excessive qu'il put à peine la cacher aux personnes qui lui avaient donné cette nouvelle. Il s'empressa de se faire introduire dans la maison de son ancien ami et, par sa présence constante et l'affection qu'il feignait de porter à Aubrey, il parvint à éveiller l'intérêt de sa sœur. Qui pouvait résister au pouvoir de cet homme ? Il racontait avec tant d'éloquence les dangers qu'il avait encourus ! Il se peignait comme un être qui n'avait aucune sympathie[3] sur la terre excepté celle à qui il ouvrait son cœur. Il lui disait qu'il n'avait connu le prix de la vie que depuis qu'il avait eu le bonheur d'entendre les sons touchants de sa voix ; en un mot, il sut si bien mettre en usage cet art

1. ***Frénétique*** : très agité, délirant.
2. ***Aliéné*** : en proie à la folie.
3. ***Sympathie*** : objet d'inclination, d'affection.

funeste dont le serpent se servit le premier[1], qu'il réussit à gagner son affection – à moins que ce fût le destin qui voulut cela. L'extinction d'une branche aînée de la famille venait de lui transmettre le titre de comte de Marsden; il prétexta une ambassade[2] importante pour hâter son mariage (malgré l'état déplorable dans lequel se trouvait son beau-frère). Il devait partir le lendemain de ses noces pour le continent.

Laissé seul par le médecin et son tuteur, Aubrey essaya, en vain, de gagner les domestiques. Il demanda une plume et du papier, qu'on lui apporta; il écrivit une lettre à sa sœur, où il la conjurait, si elle avait à cœur sa propre félicité[3], son propre honneur, celui des auteurs de ses jours, qui l'avaient autrefois tenue dans leurs bras comme l'unique espérance de leur maison, de retarder de quelques heures un mariage qui devait être la source des malheurs les plus terribles. Les domestiques promirent de la lui remettre; mais ils la donnèrent au médecin qui ne voulut pas troubler l'esprit de miss Aubrey par ce qu'il regardait comme les rêves d'un insensé. Les habitants de la maison ne fermèrent pas l'œil de la nuit, occupés par les préparatifs de la cérémonie du lendemain. On concevra facilement qu'Aubrey frémissait d'horreur en les entendant. Le matin arriva, et le bruit des carrosses retentit à son oreille. Aubrey eut un accès de frénésie. La curiosité des domestiques l'emporta sur leur vigilance; ils s'éloignèrent les uns après les autres, laissant le malade sous la surveillance d'une vieille femme. Aubrey saisit cette occasion, s'élança d'un bond vers la porte de sa chambre et se trouva en un instant au milieu de l'appartement où tout le monde était rassemblé pour la noce. Lord Ruthven l'aperçut le premier; il s'en approcha aussitôt,

1. ***Cet art funeste dont le serpent se servit le premier*** : la flatterie (allusion à la Genèse, dans la Bible).
2. ***Ambassade*** : mission auprès d'un souverain ou d'un gouvernement étranger.
3. ***Félicité*** : bonheur.

le saisit par le bras avec force, et l'entraîna hors du salon, muet de rage. Lorsqu'ils furent sur l'escalier, lord Ruthven lui dit tout bas : « Souviens-toi de ton serment, et sache que ta sœur est déshonorée si elle n'est pas aujourd'hui mon épouse. Les femmes sont fragiles ! » En disant cela, il le poussa dans les mains des domestiques qui, alertés par la vieille femme, étaient partis à sa recherche. Aubrey ne pouvait plus se soutenir ; l'émotion à laquelle il venait de se livrer causa la rupture d'un vaisseau sanguin : on le porta dans son lit. Sa sœur ne sut point ce qui venait de se passer ; elle n'était pas dans le salon lorsque son frère fit irruption, car le médecin craignait de la troubler inutilement. Le mariage fut célébré et les nouveaux époux quittèrent Londres.

La faiblesse d'Aubrey augmenta ; il avait perdu tant de sang que sa mort était imminente. Il fit appeler ses tuteurs et, lorsque minuit eut sonné, il leur raconta avec calme ce que le lecteur vient de lire, et aussitôt après il expira.

On vola au secours de miss Aubrey, mais lorsqu'on arriva, il était trop tard : lord Ruthven avait disparu et le sang de la sœur d'Aubrey avait étanché la soif d'un VAMPIRE.

Traduction de 1864, entièrement
révisée pour la présente édition.

Théophile Gautier

La Morte amoureuse
(1836)

«Ah! pauvre amour, ton beau sang d'une couleur pourpre si éclatante, je vais le boire.»
La Morte amoureuse, p. 101.

Dans cette nouvelle, la vie de Romuald bascule en un instant, lorsque son regard croise celui de la magnifique Clarimonde. Un prêtre ne peut pas aimer une courtisane[1] ! Et pourtant, Romuald a bien du mal à faire taire ses sentiments.

Appelé au chevet d'une femme agonisante pour lui apporter les derniers sacrements, il reconnaît dans la mourante celle dont l'image n'a cessé de l'obséder : Clarimonde. Plein de désespoir amoureux, il donne un baiser à la jeune morte qui revient quelques instants à la vie pour lui annoncer qu'ils sont désormais fiancés. À partir de ce moment, elle lui apparaît toutes les nuits, comme en rêve, et l'entraîne dans une existence de plaisirs et de débauche, qu'il abandonne au matin pour reprendre son habit d'homme d'Église...

■ Un fantastique... fantasmatique

Considéré comme le chef de file des écrivains romantiques français, Théophile Gautier, né le 30 août 1811 et mort le 23 octobre 1872, s'est consacré avec beaucoup d'assiduité au genre fantastique.

Ses récits font une large place au rêve, au somnambulisme et à la folie. En outre, il y donne à lire sa passion pour les sciences occultes[2], qui établissent des correspondances entre la vie réelle et la

---

1. *Courtisane* : femme qui se fait entretenir en échange de ses faveurs.
2. *Sciences occultes* : ensemble de croyances à l'existence de réalités perceptibles seulement pour les personnes initiées. Au XIXe siècle, ces sciences

vie de l'esprit – faite de fantasmes, de visions oniriques[1] et d'hallucinations[2] : les événements extraordinaires que traversent ses personnages semblent être la réalisation de désirs conscients ou inconscients. Dans ses textes, la naissance du sentiment fantastique réside dans l'incapacité où est le lecteur de déterminer la nature exacte des faits rapportés – projection fantasmatique des personnages ou réalité ?

La Morte amoureuse conjugue trois thèmes plusieurs fois illustrés par l'auteur : l'amour rêvé, la résurrection de la femme morte (*La Cafetière*, 1831 ; *Omphale*, 1834 ; *La Pipe d'opium*, 1838 ; *Le Pied de momie*, 1840 ; *Arria Marcella*, 1852 ; *Spirite*, 1866) et le vampire (*Jettatura*, 1856).

■ Entre aspiration au bien et attraction du mal

Clarimonde appartient à la lignée des femmes démons qui, à l'image de Mathilde dans *Le Moine* de Matthew Gregory Lewis[3], incarnent la tentation et dévoient les hommes en les plongeant dans les affres d'une passion destructrice. Et, comme Ambrosio, le personnage du roman de Matthew Gregory Lewis, Romuald est un homme d'Église, dont la vocation est mise à l'épreuve par une femme qui le conduit à renoncer à ses vœux[4].

L'originalité de la nouvelle de Gautier réside dans la confusion qui s'opère entre le rêve et la réalité – source du fantastique. C'est dans son sommeil que Romuald rejoint sa maîtresse, et c'est parce que cette aventure revêt les apparences du rêve qu'il se laisse aller à cette liaison coupable, permettant le développement

---

portaient les noms de « cabale », « ésotérisme », « hermétisme », « illuminisme », « spiritisme », « théosophie ».

1. ***Oniriques*** : qui appartiennent au domaine du rêve.
2. ***Hallucinations*** : perception, par un être éveillé, de choses qui n'existent pas.
3. *Le Moine*, roman « gothique » (1797).
4. ***Renoncer à ses vœux*** : trahir les principes moraux qui s'imposent aux religieux.

d'une véritable histoire d'amour, à la fois sensuelle et mystique[1]. Avec le personnage de Clarimonde, Théophile Gautier invente le type du vampire amoureux (et fidèle !) dont les sentiments modèrent l'appétit : la courtisane épargne Romuald pour prolonger indéfiniment les délices d'une passion réciproque. Dans *La Morte amoureuse* s'illustrent la force du désir, qui rappelle à la vie la femme aimée, et la transgression de l'interdit, déployant, dans l'espace du rêve, une expérience amoureuse doublement impossible dans la vie réelle. La présence du vampire exprime la lutte que se livrent, dans l'esprit humain, l'aspiration au bien et l'attraction du mal.

1. ***Mystique*** : en relation avec la foi.

Les métamorphoses du vampire

Du vampire, on peut dire ce que Mallarmé dit du Poète: « Tel qu'en Lui-même enfin l'éternité le change... » (« Le Tombeau d'Edgar Poe »). Ce dossier propose de découvrir les différentes représentations du monstre à travers l'histoire. Évidemment, un tel projet nécessite d'opérer un choix parmi toutes celles que les artistes ont pu lui donner. Les premiers vampires, ceux dont les populations épouvantées et superstitieuses croient qu'ils surgissent de leurs tombes pour boire le sang de leurs proches, n'ont guère inspiré les peintres. On peut le comprendre: dans les esprits d'alors, ces démons étaient des cadavres décharnés et dégingandés, plus ou moins ressemblants à ceux qu'ils étaient avant leur « mort »! En revanche, les personnages historiques accusés de vampirisme de leur vivant par leurs contemporains, mais aussi après leur mort par la postérité (comme le prince Vlad Dracula, ou la comtesse Erzébeth Báthory ; voir présentation, p. 10) ou littéraires (ceux des histoires couchées sur le papier) ont offert aux artistes une source d'inspiration plus féconde.
Néanmoins, ce sont le cinéma et la bande dessinée qui ont permis la multiplication extraordinaire des images du vampire. Ce foisonnement s'est accompagné de la surexploitation d'un stéréotype : le Dracula de Bram Stoker dans l'adaptation cinématographique de Wilhelm Murnau en 1922 – *Nosferatu le vampire*. Le personnage semble avoir offert ses traits de façon durable à la représentation du monstre. Avec quelques variations, les réalisateurs successifs ont repris son image pour aboutir à cette créature à la mise aristocratique, au visage blafard et au corps drapé dans une cape sombre, qui sert de modèle à une foule de vampires de cinéma.
Ce support a développé ses propres lieux communs, notamment celui de la victime type du vampire, sous les traits d'une jeune femme (souvent blonde) dont l'innocence apparente dissimule une force de caractère redoutable.
Comme toutes les images trop employées, celles-ci ont aussi donné lieu à de nombreuses variations dégradées relevant de la caricature et de la parodie.
Ainsi, du portrait de Vlad Dracula au personnage incarné par Leslie Nielsen, la sélection que nous proposons permet de suivre les métamorphoses du vampire à travers les âges.

Les « vampires » historiques : un prince et une comtesse

■ **Portrait du prince Vlad Basarab III, surnommé Vlad « Tepès » (l'« empaleur ») ou encore « Dracula » (1431 ?-1477). Peinture du XIXe siècle.**

Voici la description du prince Vlad par un témoin oculaire, Nicolas de Modrussa (légat du pape Pie II, qui, en 1643, en mission diplomatique à la cour de Bude, a vu le prince Vlad Basarab III, alors prisonnier du roi Mathias de Hongrie) :

« Il n'était pas très grand, mais râblé et fort, avec un aspect cruel, terrible, un nez droit, des narines dilatées, un visage mince et rougeaud, où les grands yeux verts, bien fendus, étaient ombrés par des sourcils noirs, broussailleux, qui les faisaient menaçants. Il avait les joues et le menton rasé, et portait une moustache. Les tempes gonflées augmentaient le volume de la tête que soutenait un cou de taureau encadré par les vagues d'une longue chevelure bouclée, noire, qui retombait sur ses larges épaules. »

Quels éléments de la description de Nicolas de Modrussa retrouvez-vous dans ce portrait ? Ce dernier vous paraît-il inquiétant ? Pourquoi ?

■ **Erzébeth Bathory, « la comtesse sanglante » (1560-1614).**
La comtesse terrorisa de son vivant les populations voisines de son château : elle s'y livrait à des exactions d'une cruauté sadique, torturant, mutilant et mettant à mort des jeunes femmes qu'elle vidait de leur sang pour le boire et s'y baigner, croyant ainsi préserver sa jeunesse. On ignore le nombre réel de ses victimes mais, lors de son procès en 1611, on l'accusa du meurtre de plus de six cents jeunes filles !

Observez la tenue vestimentaire, la posture corporelle et l'expression du visage. Quelle impression générale se dégage du portrait de cette femme ? Paraît-elle redoutable ?

Images du vampire au XIXe siècle

■ *Le Vampire*.
Gravure du XIXe siècle.

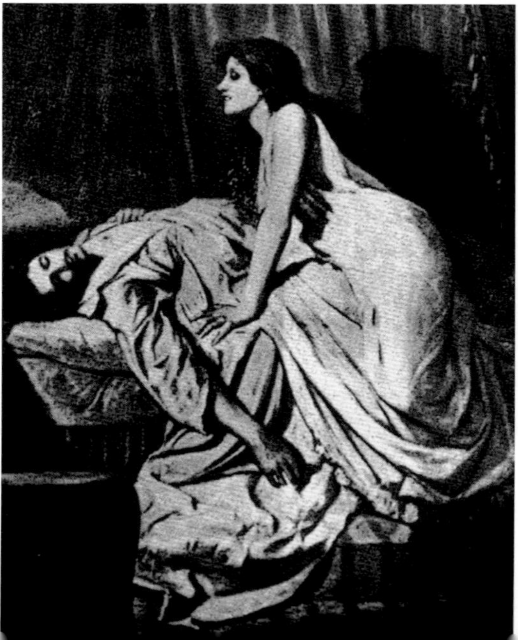

Le Vampire (1897), gravure de Philip Burne-Jones (1861-1926). ■

■ *Le Vampire* (1893), d'Edvard Munch,
peintre expressionniste norvégien (1863-1944).

Très présent dans la littérature du XIXe siècle, le thème du vampire a surtout inspiré les graveurs de cette époque. En peinture, le Norvégien Edvard Munch a néanmoins donné une interprétation originale du sujet.

Observez l'image ci-dessus et celles de la page ci-contre (position des corps, apparence du vampire…). Sont-elles semblables ?
Que peut-on en déduire à propos de l'image du vampire au XIXe siècle ?

Vampires au cinéma : de l'expressionnisme à la parodie

■ Max Schreck incarne le comte Orlock dans le film de Friedrich Wilhelm Murnau, *Nosferatu le Vampire* (*Nosferatu, eine Symphonie des Grauens*, 1922).

L'acteur anglais Christopher Lee interprète le comte Dracula dans une série de films anglais à grand succès dans les années 1960 : *Dracula, prince des ténèbres* (*Dracula, Prince of Darkness*) de Terence Fisher (1966) ; ici, *Dracula et les femmes* (*Dracula Has Risen from the Grave*) de Freddie Francis (1968). ■

■ L'acteur Bela Lugosi, dans le film de Tod Browning, *Dracula* (1931), adapté du roman de Bram Stoker.

Observez les trois photos de cette page et répondez aux questions suivantes :

1. Quelles parties du corps du comte Orlock témoignent de sa monstruosité ? Comment ?

2. Observez la tenue vestimentaire des vampires sur ces trois photos. Que remarquez-vous ?

Le vampire et sa victime

■ L'actrice Sarah Michelle Gellar est une chasseuse de vampires dans *Buffy contre les vampires* (*Buffy the Vampire Slayer*) de Joss Whedon, série télévisée américaine diffusée en France de 1998 à 2003.

En observant les personnages féminins de cette page et de la page ci-contre, dressez le portrait type de la victime du vampire.

De la parodie de genre au détournement burlesque

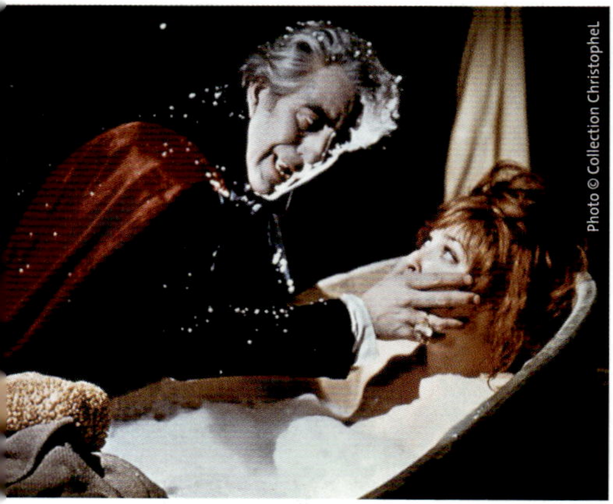

Photo © Collection ChristopheL

■ *Le Bal des vampires* (*The Fearless Vampire Killers, or Pardon Me But Your Teeth Are In My Neck*, 1967), de Roman Polanski.

Ce film associe à la noirceur des films traditionnels de vampires un sens exceptionnel de l'image. Le réalisateur ne se moque pas du monstre mais ajoute l'humour à un genre qui, *a priori*, ne semble pas s'y prêter.

Dans cette image, l'apparence du vampire prête-t-elle à rire ? Quel effet produisent les accessoires de toilette au premier plan ? Et la mousse du bain ?

L'acteur canadien Leslie Nielsen dans *Dracula : mort et heureux de l'être* (*Dracula : Dead and Loving it*, 1995).

Le réalisateur de ce film, l'Américain Mel Brooks, a remporté de nombreux succès dans le genre parodique : *Frankenstein junior* (*Young Frankenstein*, 1974), *Sacré Robin des Bois* (*Robin Hood : Men in Tights*, 1993).

Avec *Dracula : mort et heureux de l'être*, il réalise une comédie dans laquelle les clichés des films de vampires, traités sur le mode burlesque, sont prétextes à une succession de gags. ■

Quels éléments de cette photo correspondent à l'image classique du vampire ? Ce vampire est-il inquiétant ? Pourquoi ?

Photo © Collection ChristopheL

La Morte amoureuse

Vous me demandez, frère[1], si j'ai aimé ; oui. C'est une histoire singulière et terrible, et, quoique j'aie soixante-six ans, j'ose à peine remuer la cendre de ce souvenir. Je ne veux rien vous refuser, mais je ne ferais pas à une âme moins éprouvée un pareil récit. Ce sont des événements si étranges, que je ne puis croire qu'ils me soient arrivés. J'ai été pendant plus de trois ans le jouet d'une illusion singulière et diabolique. Moi, pauvre prêtre de campagne, j'ai mené en rêve toutes les nuits (Dieu veuille que ce soit un rêve !) une vie de damné, une vie de mondain et de Sardanapale[2]. Un seul regard trop plein de complaisance jeté sur une femme pensa[3] causer la perte de mon âme ; mais enfin, avec l'aide de Dieu et de mon saint patron[4], je suis parvenu à chasser l'esprit malin[5] qui s'était emparé de moi. Mon existence s'était compliquée d'une existence nocturne entièrement différente. Le jour, j'étais un prêtre du Seigneur, chaste[6], occupé de la prière et des choses

---

1. Le narrateur se confesse à un autre ecclésiastique.

2. ***Sardanapale*** (VIIe siècle av. J.-C.) : roi d'Assyrie (au nord de l'actuel Irak) qui vécut dans la débauche.

3. ***Pensa*** : faillit.

4. ***Saint patron*** : saint protecteur.

5. ***L'esprit malin*** : le démon.

6. ***Chaste*** : qui n'a pas de plaisirs interdits ni de pensées impures.

saintes ; la nuit, dès que j'avais fermé les yeux, je devenais un jeune seigneur, fin connaisseur en femmes, en chiens et en chevaux, jouant aux dés, buvant et blasphémant[1], et lorsque au lever de l'aube je me réveillais, il me semblait au contraire que je m'endormais et que je rêvais que j'étais prêtre. De cette vie somnambulique il m'est resté des souvenirs d'objets et de mots dont je ne puis pas me défendre, et, quoique je ne sois jamais sorti des murs de mon presbytère[2], on dirait plutôt, à m'entendre, un homme ayant usé de tout et revenu du monde, qui est entré en religion et qui veut finir dans le sein de Dieu des jours trop agités, qu'un humble séminariste[3] qui a vieilli dans une cure[4] ignorée, au fond d'un bois et sans aucun rapport avec les choses du siècle[5].

Oui, j'ai aimé comme personne au monde n'a aimé, d'un amour insensé et furieux, si violent que je suis étonné qu'il n'ait pas fait éclater mon cœur. Ah ! quelles nuits ! quelles nuits !

Dès ma plus tendre enfance, je m'étais senti de la vocation pour l'état de prêtre ; aussi toutes mes études furent-elles dirigées dans ce sens-là, et ma vie, jusqu'à vingt-quatre ans, ne fut-elle qu'un long noviciat[6]. Ma théologie[7] achevée, je passai successivement par tous les petits ordres, et mes supérieurs me jugèrent digne, malgré ma grande jeunesse, de franchir le dernier et redoutable degré. Le jour de mon ordination[8] fut fixé à la semaine de Pâques.

---

1. ***Blasphémant*** : prononçant des paroles qui outragent Dieu.
2. ***Presbytère*** : habitation du curé dans une paroisse.
3. ***Séminariste*** : élève d'un établissement religieux, se destinant à la prêtrise.
4. ***Cure*** : paroisse.
5. ***Du siècle*** : du monde (par opposition à la vie religieuse).
6. ***Noviciat*** : temps d'épreuve imposé aux novices avant qu'ils accèdent à la prêtrise.
7. ***Ma théologie*** : mes études en théologie (étude des questions religieuses).
8. ***Ordination*** : entrée dans l'ordre religieux ; « le jour de mon ordination » signifie donc « le jour où je devins prêtre ».

Je n'étais jamais allé dans le monde ; le monde, c'était pour moi l'enclos du collège et du séminaire[1]. Je savais vaguement qu'il y avait quelque chose que l'on appelait femme, mais je n'y arrêtais pas ma pensée ; j'étais d'une innocence parfaite. Je ne voyais ma mère vieille et infirme que deux fois l'an. C'étaient là toutes mes relations avec le dehors.

Je ne regrettais rien, je n'éprouvais pas la moindre hésitation devant cet engagement irrévocable ; j'étais plein de joie et d'impatience. Jamais jeune fiancé n'a compté les heures avec une ardeur plus fiévreuse ; je n'en dormais pas, je rêvais que je disais la messe ; être prêtre, je ne voyais rien de plus beau au monde : j'aurais refusé d'être roi ou poète. Mon ambition ne concevait pas au-delà.

Ce que je dis là est pour vous montrer combien ce qui m'est arrivé ne devait pas m'arriver, et de quelle fascination inexplicable j'ai été la victime.

Le grand jour venu, je marchai à l'église d'un pas si léger, qu'il me semblait que je fusse soutenu en l'air ou que j'eusse des ailes aux épaules. Je me croyais un ange, et je m'étonnais de la physionomie[2] sombre et préoccupée de mes compagnons ; car nous étions plusieurs. J'avais passé la nuit en prières, et j'étais dans un état qui touchait presque à l'extase[3]. L'évêque, vieillard vénérable, me paraissait Dieu le Père penché sur son éternité, et je voyais le ciel à travers les voûtes du temple.

Vous savez les détails de cette cérémonie : la bénédiction, la communion sous les deux espèces[4], l'onction de la paume

---

1. ***Séminaire*** : établissement religieux où se préparent et étudient les jeunes clercs qui doivent recevoir les ordres.
2. ***Physionomie*** : traits du visage.
3. ***Extase*** : ravissement, béatitude, intense plaisir.
4. Les « deux espèces » sont le pain et le vin qui désignent respectivement la chair et le sang du Christ.

des mains[1] avec l'huile des catéchumènes[2], et enfin le saint sacrifice[3] offert de concert avec l'évêque. Je ne m'appesantirai pas sur cela. Oh! que Job a raison, et que celui-là est imprudent qui ne conclut pas un pacte avec ses yeux[4]! Je levai par hasard ma tête, que j'avais jusque-là tenue inclinée, et j'aperçus devant moi, si près que j'aurais pu la toucher, quoique en réalité elle fût à une assez grande distance et de l'autre côté de la balustrade, une jeune femme d'une beauté rare et vêtue avec une magnificence[5] royale. Ce fut comme si des écailles me tombaient des prunelles. J'éprouvai la sensation d'un aveugle qui recouvrerait subitement la vue. L'évêque, si rayonnant tout à l'heure, s'éteignit tout à coup, les cierges pâlirent sur leurs chandeliers d'or comme les étoiles au matin, et il se fit par toute l'église une complète obscurité. La charmante créature se détachait sur ce fond d'ombre comme une révélation angélique; elle semblait éclairée d'elle-même et donner le jour plutôt que le recevoir.

Je baissai la paupière, bien résolu à ne plus la relever pour me soustraire à l'influence des objets extérieurs; car la distraction m'envahissait de plus en plus, et je savais à peine ce que je faisais.

Une minute après, je rouvris les yeux, car à travers mes cils je la voyais étincelante des couleurs du prisme[6], et

---

1. On enduisait d'huile consacrée la paume des mains du futur prêtre.

2. ***Catéchumènes*** : personnes qu'on instruit dans la foi chrétienne pour les préparer à recevoir le baptême.

3. ***Saint sacrifice*** : dernière étape de l'ordination du prêtre, aussi appelée *offertoire*; le nouveau prêtre peut à son tour offrir la communion aux fidèles.

4. Allusion au livre de Job 31, 1, dans la Bible. Job avait fait un «pacte» avec ses yeux, se promettant de ne jamais regarder aucune jeune fille.

5. ***Magnificence*** : splendeur, richesse.

6. ***Couleurs du prisme*** : les sept couleurs que donne la décomposition de la lumière par le prisme (instrument d'optique) et qui sont le violet, l'indigo, le bleu, le vert, le jaune, l'orangé et le rouge.

dans une pénombre pourprée[1] comme lorsqu'on regarde le soleil.

Oh ! comme elle était belle ! Les plus grands peintres, lorsque, poursuivant dans le ciel la beauté idéale, ils ont rapporté sur la terre le divin portrait de la Madone[2], n'approchent même pas de cette fabuleuse réalité. Ni les vers du poète ni la palette du peintre n'en peuvent donner une idée. Elle était assez grande, avec une taille et un port de déesse ; ses cheveux, d'un blond doux, se séparaient sur le haut de sa tête et coulaient sur ses tempes comme deux fleuves d'or ; on aurait dit une reine avec son diadème ; son front, d'une blancheur bleuâtre et transparente, s'étendait large et serein sur les arcs de deux cils presque bruns, singularité[3] qui ajoutait encore à l'effet de prunelles vert de mer d'une vivacité et d'un éclat insoutenables. Quels yeux ! avec un éclair ils décidaient de la destinée d'un homme ; ils avaient une vie, une limpidité, une ardeur, une humidité brillante que je n'ai jamais vues à un œil humain ; il s'en échappait des rayons pareils à des flèches et que je voyais distinctement aboutir à mon cœur. Je ne sais si la flamme qui les illuminait venait du ciel ou de l'enfer, mais à coup sûr elle venait de l'un ou de l'autre. Cette femme était un ange ou un démon, et peut-être tous les deux ; elle ne sortait certainement pas du flanc d'Ève, la mère commune. Des dents du plus bel orient[4] scintillaient dans son rouge sourire, et de petites fossettes se creusaient à chaque inflexion[5] de sa bouche dans le satin rose de ses adorables joues. Pour son nez, il était d'une finesse et d'une fierté toute royale et décelait la plus

1. ***Pourprée*** : de couleur pourpre (rouge vif).
2. ***La Madone*** : la Vierge.
3. ***Singularité*** : particularité.
4. ***Du plus bel orient*** : du plus bel éclat, par référence à l'irisation des perles appelée « orient » (nom qui rappelle la lumière du soleil levant).
5. ***Inflexion*** : mouvement.

noble origine. Des luisants d'agate[1] jouaient sur la peau unie et lustrée de ses épaules à demi découvertes, et des rangs de grosses perles blondes, d'un ton presque semblable à son cou, lui descendaient sur la poitrine. De temps en temps elle redressait sa tête avec un mouvement onduleux de couleuvre ou de paon qui se rengorge, et imprimait un léger frisson à la haute fraise brodée à jour qui l'entourait comme un treillis d'argent.

Elle portait une robe de velours nacarat[2], et de ses larges manches doublées d'hermine sortaient des mains patriciennes[3] d'une délicatesse infinie, aux doigts longs et potelés, et d'une si idéale transparence qu'ils laissaient passer le jour comme ceux de l'Aurore.

Tous ces détails me sont encore aussi présents que s'ils dataient d'hier, et, quoique je fusse dans un trouble extrême, rien ne m'échappait : la plus légère nuance, le petit point noir au coin du menton, l'imperceptible duvet aux commissures[4] des lèvres, le velouté du front, l'ombre tremblante des cils sur les joues, je saisissais tout avec une lucidité étonnante.

À mesure que je la regardais, je sentais s'ouvrir dans moi des portes qui jusqu'alors avaient été fermées ; des soupiraux[5] obstrués se débouchaient dans tous les sens et laissaient entrevoir des perspectives inconnues ; la vie m'apparaissait sous un aspect tout autre ; je venais de naître à un nouvel ordre d'idées. Une angoisse effroyable me tenaillait le cœur ; chaque minute qui s'écoulait me semblait une seconde et un siècle. La cérémonie avançait cependant, et j'étais emporté bien loin du monde dont mes désirs naissants assiégeaient

---

1. ***Luisants d'agate*** : bijoux aux reflets changeants.
2. ***Nacarat*** : rouge clair.
3. ***Patriciennes*** : d'une beauté noble.
4. ***Commissures*** : coins.
5. ***Soupiraux*** : au sens propre, ouvertures pratiquées dans le bas d'un bâtiment pour donner de l'air et du jour aux pièces en sous-sol et aux caves.

furieusement l'entrée. Je dis oui cependant, lorsque je voulais dire non, lorsque tout en moi se révoltait et protestait contre la violence que ma langue faisait à mon âme : une force occulte[1] m'arrachait malgré moi les mots du gosier. C'est là peut-être ce qui fait que tant de jeunes filles marchent à l'autel avec la ferme résolution de refuser d'une manière éclatante l'époux qu'on leur impose, et que pas une seule n'exécute son projet. C'est là sans doute ce qui fait que tant de pauvres novices[2] prennent le voile, quoique bien décidées à le déchirer en pièces au moment de prononcer leurs vœux. On n'ose causer un tel scandale devant tout le monde ni tromper l'attente de tant de personnes ; toutes ces volontés, tous ces regards semblent peser sur vous comme une chape de plomb : et puis les mesures sont si bien prises, tout est si bien réglé à l'avance, d'une façon si évidemment irrévocable, que la pensée cède au poids de la chose et s'affaisse complètement.

Le regard de la belle inconnue changeait d'expression selon le progrès de la cérémonie. De tendre et caressant qu'il était d'abord, il prit un air de dédain[3] et de mécontentement comme de ne pas avoir été compris.

Je fis un effort suffisant pour arracher une montagne, pour m'écrier que je ne voulais pas être prêtre ; mais je ne pus en venir à bout ; ma langue resta clouée à mon palais, et il me fut impossible de traduire ma volonté par le plus léger mouvement négatif. J'étais, tout éveillé, dans un état pareil à celui du cauchemar, où l'on veut crier un mot dont votre vie dépend, sans en pouvoir venir à bout.

---

1. ***Occulte*** : mystérieuse.
2. ***Novices*** : personnes qui ont pris l'habit religieux et passent un temps d'épreuve (le noviciat) dans un couvent avant de prononcer des vœux définitifs.
3. ***Dédain*** : mépris.

Elle parut sensible au martyre[1] que j'éprouvais, et, comme pour m'encourager, elle me lança une œillade pleine de divines promesses. Ses yeux étaient un poème dont chaque regard formait un chant.

Elle me disait :

«Si tu veux être à moi, je te ferai plus heureux que Dieu lui-même dans son paradis ; les anges te jalouseront. Déchire ce funèbre linceul[2] où tu vas t'envelopper ; je suis la beauté, je suis la jeunesse, je suis la vie ; viens à moi, nous serons l'amour. Que pourrait t'offrir Jéhovah[3] pour compensation ? Notre existence coulera comme un rêve et ne sera qu'un baiser éternel.

«Répands le vin de ce calice[4], et tu es libre. Je t'emmènerai vers les îles inconnues ; tu dormiras sur mon sein, dans un lit d'or massif et sous un pavillon d'argent ; car je t'aime et je veux te prendre à ton Dieu, devant qui tant de nobles cœurs répandent des flots d'amour qui n'arrivent pas jusqu'à lui.»

Il me semblait entendre ces paroles sur un rythme d'une douceur infinie, car son regard avait presque la sonorité, et les phrases que ses yeux m'envoyaient retentissaient au fond de mon cœur comme si une bouche invisible les eût soufflées dans mon âme. Je me sentais prêt à renoncer à Dieu, et cependant mon cœur accomplissait machinalement les formalités de la cérémonie. La belle me jeta un second coup d'œil si suppliant, si désespéré, que des lames acérées me traversèrent le cœur, que je me sentis plus de glaives dans la poitrine que la mère des douleurs[5].

C'en était fait, j'étais prêtre.

---

1. ***Martyre*** : supplice.
2. ***Linceul*** : pièce de toile dans laquelle on ensevelit un mort.
3. ***Jéhovah*** : Dieu dans l'Ancien Testament.
4. ***Calice*** : vase contenant le vin consacré pour la célébration de la messe.
5. Référence aux souffrances de la Vierge Marie (*mater dolorosa*, «mère de douleur») à la mort de son fils Jésus supplicié sur la croix.

Jamais physionomie humaine ne peignit une angoisse aussi poignante ; la jeune fille qui voit tomber son fiancé mort subitement à côté d'elle, la mère auprès du berceau vide de son enfant, Ève assise sur le seuil de la porte du paradis, l'avare qui trouve une pierre à la place de son trésor, le poète qui a laissé rouler dans le feu le manuscrit unique de son plus bel ouvrage, n'ont point un air plus atterré et plus inconsolable. Le sang abandonna complètement sa charmante figure, et elle devint d'une blancheur de marbre ; ses beaux bras tombèrent le long de son corps, comme si les muscles en avaient été dénoués, et elle s'appuya contre un pilier, car ses jambes fléchissaient et se dérobaient sous elle. Pour moi, livide, le front inondé d'une sueur plus sanglante que celle du Calvaire[1], je me dirigeai en chancelant vers la porte de l'église ; j'étouffais ; les voûtes s'aplatissaient sur mes épaules, et il me semblait que ma tête soutenait seule tout le poids de la coupole.

Comme j'allais franchir le seuil, une main s'empara brusquement de la mienne ; une main de femme ! Je n'en avais jamais touché. Elle était froide comme la peau d'un serpent, et l'empreinte m'en resta brûlante comme la marque d'un fer rouge. C'était elle : « Malheureux ! malheureux ! qu'as-tu fait ? » me dit-elle à voix basse ; puis elle disparut dans la foule.

Le vieil évêque passa ; il me regarda d'un air sévère. Je faisais la plus étrange contenance du monde[2] ; je pâlissais, je rougissais, j'avais des éblouissements. Un de mes camarades eut pitié de moi, il me prit et m'emmena ; j'aurais été incapable de retrouver tout seul le chemin du séminaire. Au détour d'une rue, pendant que le jeune prêtre tournait la tête d'un autre côté, un page nègre[3], bizarrement vêtu, s'approcha

---

1. ***Celle du Calvaire*** : la sueur du Calvaire, c'est-à-dire du Christ lors de la crucifixion.

2. ***Je faisais la plus étrange contenance du monde*** : je me tenais très étrangement.

3. ***Page nègre*** : serviteur noir.

de moi, et me remit, sans s'arrêter dans sa course, un petit portefeuille à coins d'or ciselés, en me faisant signe de le cacher ; je le fis glisser dans ma manche et l'y tins jusqu'à ce que je fusse seul dans ma cellule. Je fis sauter le fermoir, il n'y avait que deux feuilles avec ces mots : « Clarimonde, au palais Concini. » J'étais alors si peu au courant des choses de la vie, que je ne connaissais pas Clarimonde, malgré sa célébrité, et que j'ignorais complètement où était situé le palais Concini. Je fis mille conjectures[1], plus extravagantes les unes que les autres ; mais à la vérité, pourvu que je pusse la revoir, j'étais fort peu inquiet de ce qu'elle pouvait être, grande dame ou courtisane.

Cet amour né tout à l'heure s'était indestructiblement enraciné ; je ne songeai même pas à essayer de l'arracher, tant je sentais que c'était là chose impossible. Cette femme s'était complètement emparée de moi, un seul regard avait suffi pour me changer ; elle m'avait soufflé sa volonté ; je ne vivais plus dans moi, mais dans elle et par elle. Je faisais mille extravagances, je baisais sur ma main la place qu'elle avait touchée, et je répétais son nom des heures entières. Je n'avais qu'à fermer les yeux pour la voir aussi distinctement que si elle eût été présente en réalité, et je me redisais ces mots, qu'elle m'avait dits sous le portail de l'église : « Malheureux ! malheureux ! qu'as-tu fait ? » Je comprenais toute l'horreur de ma situation, et les côtés funèbres et terribles de l'état que je venais d'embrasser[2] se révélaient clairement à moi. Être prêtre ! c'est-à-dire chaste, ne pas aimer, ne distinguer ni le sexe ni l'âge, se détourner de toute beauté, se crever les yeux, ramper sous l'ombre glaciale d'un cloître ou d'une église, ne voir que des mourants, veiller auprès de cadavres inconnus et porter soi-même son deuil sur sa soutane noire,

---

1. ***Conjectures*** : hypothèses.
2. ***D'embrasser*** : de choisir.

de sorte que l'on peut faire de votre habit un drap pour votre cercueil !

Et je sentais la vie monter en moi comme un lac intérieur qui s'enfle et qui déborde ; mon sang battait avec force dans mes artères ; ma jeunesse, si longtemps comprimée, éclatait tout d'un coup comme l'aloès[1] qui met cent ans à fleurir et qui éclôt avec un coup de tonnerre.

Comment faire pour revoir Clarimonde ? Je n'avais aucun prétexte pour sortir du séminaire, ne connaissant personne dans la ville ; je n'y devais même pas rester, et j'y attendais seulement que l'on me désignât la cure que je devais occuper. J'essayai de desceller les barreaux de la fenêtre ; mais elle était à une hauteur effrayante, et n'ayant pas d'échelle, il n'y fallait pas penser. Et d'ailleurs je ne pouvais descendre que de nuit ; et comment me serais-je conduit dans l'inextricable dédale des rues ? Toutes ces difficultés, qui n'eussent rien été pour d'autres, étaient immenses pour moi, pauvre séminariste, amoureux d'hier, sans expérience, sans argent et sans habits.

Ah ! si je n'eusse pas été prêtre, j'aurais pu la voir tous les jours ; j'aurais été son amant, son époux, me disais-je dans mon aveuglement ; au lieu d'être enveloppé dans mon triste suaire[2], j'aurais des habits de soie et de velours, des chaînes d'or, une épée et des plumes comme les beaux jeunes cavaliers. Mes cheveux, au lieu d'être déshonorés par une large tonsure, se joueraient autour de mon cou en boucles ondoyantes. J'aurais une belle moustache cirée, je serais un vaillant[3]. Mais une heure passée devant un autel, quelques paroles à peine articulées, me retranchaient à tout jamais du nombre des vivants, et j'avais scellé moi-même la pierre de

---

1. ***Aloès*** : plante grasse des climats chauds.
2. ***Suaire*** : linceul (voir note 2, p. 72).
3. ***Un vaillant*** : un brave.

mon tombeau, j'avais poussé de ma main le verrou de ma prison !

Je me mis à la fenêtre. Le ciel était admirablement bleu, les arbres avaient mis leur robe de printemps ; la nature faisait parade d'une joie ironique. La place était pleine de monde : les uns allaient, les autres venaient ; de jeunes muguets[1] et de jeunes beautés, couple par couple, se dirigeaient du côté du jardin et des tonnelles. Des compagnons passaient en chantant des refrains à boire ; c'était un mouvement, une vie, un entrain, une gaieté qui faisaient péniblement ressortir mon deuil et ma solitude. Une jeune mère, sur le pas de la porte, jouait avec son enfant ; elle baisait sa petite bouche rose, encore emperlée de gouttes de lait, et lui faisait, en l'agaçant, mille de ces divines puérilités[2] que les mères seules savent trouver. Le père, qui se tenait debout à quelque distance, souriait doucement à ce charmant groupe, et ses bras croisés pressaient sa joie sur son cœur. Je ne pus supporter ce spectacle ; je fermai la fenêtre, et je me jetai sur mon lit avec une haine et une jalousie effroyables dans le cœur, mordant mes doigts et ma couverture comme un tigre à jeun depuis trois jours.

Je ne sais pas combien de jours je restai ainsi ; mais, en me retournant dans un mouvement de spasme furieux, j'aperçus l'abbé Sérapion[3] qui se tenait debout au milieu de la chambre et qui me considérait attentivement. J'eus honte de moi-même, et, laissant tomber ma tête sur ma poitrine, je voilai mes yeux avec mes mains.

« Romuald, mon ami, il se passe quelque chose d'extraordinaire en vous, me dit Sérapion au bout de quelques minutes de silence ; votre conduite est vraiment inexplicable ! Vous, si pieux, si calme et si doux, vous vous agitez dans votre cellule

1. ***Muguets*** : jeunes élégants.
2. ***Puérilités*** : enfantillages.
3. ***Sérapion*** : nom emprunté au recueil de contes d'Hoffmann, *Les Contes des frères Sérapion* (1819-1821).

comme une bête fauve. Prenez garde, mon frère, et n'écoutez pas les suggestions du diable ; l'esprit malin, irrité de ce que vous vous êtes à tout jamais consacré au Seigneur, rôde autour de vous comme un loup ravissant[1] et fait un dernier effort pour vous attirer à lui. Au lieu de vous laisser abattre, mon cher Romuald, faites-vous une cuirasse de prières, un bouclier de mortifications[2], et combattez vaillamment l'ennemi ; vous le vaincrez. L'épreuve est nécessaire à la vertu et l'or sort plus fin de la coupelle[3]. Ne vous effrayez ni ne vous découragez ; les âmes les mieux gardées et les plus affermies ont eu de ces moments. Priez, jeûnez, méditez, et le mauvais esprit se retirera. »

Le discours de l'abbé Sérapion me fit rentrer en moi-même, et je devins un peu plus calme. « Je venais vous annoncer votre nomination à la cure de C*** ; le prêtre qui la possédait vient de mourir, et monseigneur l'évêque m'a chargé d'aller vous y installer ; soyez prêt pour demain. » Je répondis d'un signe de tête que je le serais, et l'abbé se retira. J'ouvris mon missel[4], et je commençai à lire des prières ; mais ces lignes se confondirent bientôt sous mes yeux ; le fil des idées s'enchevêtra dans mon cerveau, et le volume me glissa des mains sans que j'y prisse garde.

Partir demain sans l'avoir revue ! ajouter encore une impossibilité à toutes celles qui étaient déjà entre nous ! perdre à tout jamais l'espérance de la rencontrer, à moins d'un miracle ! Lui écrire ? par qui ferais-je parvenir ma lettre ? Avec le sacré caractère[5] dont j'étais revêtu, à qui s'ouvrir, se fier ? J'éprouvais

1. ***Loup ravissant*** : loup qui emporte ses victimes.
2. ***Mortifications*** : privations, souffrances qu'on s'impose pour racheter ses péchés.
3. ***Sort plus fin de la coupelle*** : sort purifié. La coupelle est le creuset servant à isoler l'or ou l'argent des autres métaux avec lesquels ils sont alliés.
4. ***Missel*** : livre de messe.
5. ***Caractère*** : ici, fonction, titre.

une anxiété terrible. Puis, ce que l'abbé Sérapion m'avait dit des artifices du diable me revenait en mémoire ; l'étrangeté de l'aventure, la beauté surnaturelle de Clarimonde, l'éclat phosphorique[1] de ses yeux, l'impression brûlante de sa main, le trouble où elle m'avait jeté, le changement subit qui s'était opéré en moi, ma piété[2] évanouie en un instant, tout cela prouvait clairement la présence du diable, et cette main satinée n'était peut-être que le gant dont il avait recouvert sa griffe. Ces idées me jetèrent dans une grande frayeur, je ramassai le missel qui de mes genoux était roulé à terre, et je me remis en prières.

Le lendemain, Sérapion me vint prendre ; deux mules nous attendaient à la porte, chargées de nos maigres valises ; il monta l'une et moi l'autre tant que bien que mal. Tout en parcourant les rues de la ville, je regardais à toutes les fenêtres et à tous les balcons si je ne verrais pas Clarimonde ; mais il était trop matin[3], et la ville n'avait pas encore ouvert les yeux. Mon regard tâchait de plonger derrière les stores et à travers les rideaux de tous les palais devant lesquels nous passions. Sérapion attribuait sans doute cette curiosité à l'admiration que me causait la beauté de l'architecture, car il ralentissait le pas de sa monture pour me donner le temps de voir. Enfin nous arrivâmes à la porte de la ville et nous commençâmes à gravir la colline. Quand je fus tout en haut, je me retournai pour regarder une fois encore les lieux où vivait Clarimonde. L'ombre d'un nuage couvrait entièrement la ville ; ses toits bleus et rouges étaient confondus dans une demi-teinte générale, où surnageaient çà et là, comme de blancs flocons d'écume, les fumées du matin. Par un singulier effet d'optique, se dessinait, blond et doré sous un rayon unique de lumière,

1. ***Phosphorique*** : brillant, comme le phosphore. Les yeux du diable sont souvent qualifiés de phosphoriques.

2. ***Piété*** : dévotion, ferveur religieuse.

3. ***Trop matin*** : trop tôt.

un édifice qui surpassait en hauteur les constructions voisines, complètement noyées dans la vapeur; quoiqu'il fût à plus d'une lieue[1], il paraissait tout proche. On en distinguait les moindres détails, les tourelles, les plates-formes, les croisées[2], et jusqu'aux girouettes en queue d'aronde[3].

«Quel est donc ce palais que je vois tout là-bas éclairé d'un rayon de soleil?» demandai-je à Sérapion. Il mit sa main au-dessus de ses yeux, et, ayant regardé, il me répondit : «C'est l'ancien palais que le prince Concini a donné à la courtisane Clarimonde; il s'y passe d'épouvantables choses.»

En ce moment, je ne sais encore si c'est une réalité ou une illusion, je crus voir y glisser sur la terrasse une forme svelte[4] et blanche qui étincela une seconde et s'éteignit. C'était Clarimonde!

Oh! savait-elle qu'à cette heure, du haut de cet âpre[5] chemin qui m'éloignait d'elle, et que je ne devais plus redescendre, ardent et inquiet, je couvais de l'œil le palais qu'elle habitait, et qu'un jeu dérisoire de lumière semblait rapprocher de moi, comme pour m'inviter à y entrer en maître? Sans doute elle le savait, car son âme était trop sympathiquement[6] liée à la mienne pour n'en point ressentir les moindres ébranlements, et c'était ce sentiment qui l'avait poussée, encore enveloppée de ses voiles de nuit, à monter sur le haut de la terrasse, dans la glaciale rosée du matin.

L'ombre gagna le palais, et ce ne fut plus qu'un océan immobile de toits et de combles où l'on ne distinguait rien

---

1. ***Une lieue*** : environ 4 kilomètres. La lieue est une ancienne unité de mesure de distance.
2. ***Croisées*** : fenêtres.
3. ***En queue d'aronde*** : qui vont s'élargissant en forme de queue d'hirondelle (locution technique utilisée en architecture).
4. ***Svelte*** : mince, élancée.
5. ***Âpre*** : dur, pénible.
6. ***Sympathiquement*** : en communion.

qu'une ondulation montueuse[1]. Sérapion toucha sa mule, dont la mienne prit aussitôt l'allure, et un coude du chemin me déroba pour toujours la ville de S..., car je n'y devais pas revenir. Au bout de trois journées de route par des campagnes assez tristes, nous vîmes poindre[2] à travers les arbres le coq du clocher de l'église que je devais desservir[3]; et, après avoir suivi quelques rues tortueuses bordées de chaumières et de courtils[4], nous nous trouvâmes devant la façade qui n'était pas d'une grande magnificence. Un porche orné de quelques nervures[5] et de deux ou trois piliers de grès grossièrement taillés, un toit en tuiles et des contreforts du même grès que les piliers, c'était tout : à gauche le cimetière tout plein de hautes herbes, avec une grande croix de fer au milieu; à droite et dans l'ombre de l'église, le presbytère. C'était une maison d'une simplicité extrême et d'une propreté aride. Nous entrâmes; quelques poules picotaient sur la terre de rares grains d'avoine; accoutumées apparemment à l'habit noir des ecclésiastiques, elles ne s'effarouchèrent point de notre présence et se dérangèrent à peine pour nous laisser passer. Un aboi éraillé[6] et enroué se fit entendre, et nous vîmes accourir un vieux chien.

C'était le chien de mon prédécesseur. Il avait l'œil terne, le poil gris et tous les symptômes de la plus haute vieillesse où puisse atteindre un chien. Je le flattai[7] doucement de la main, et il se mit aussitôt à marcher à côté de moi avec un air de satisfaction inexprimable. Une femme assez âgée, et qui avait été la gouvernante de l'ancien curé, vint aussi à notre

1. ***Montueuse*** : ici, semblable à celle d'une montagne.
2. ***Poindre*** : apparaître.
3. ***Que je devais desservir*** : où je devais officier.
4. ***Courtils*** : petits jardins clos.
5. ***Nervures*** : moulures, arrêtes saillantes.
6. ***Éraillé*** : rauque.
7. ***Flattai*** : caressai.

rencontre, et, après m'avoir fait entrer dans une salle basse, me demanda si mon intention était de la garder. Je lui répondis que je la garderais, elle et le chien, et aussi les poules, et tout le mobilier que son maître lui avait laissé à sa mort, ce qui la fit entrer dans un transport de joie, l'abbé Sérapion lui ayant donné sur-le-champ le prix qu'elle en voulait.

Mon installation faite, l'abbé Sérapion retourna au séminaire. Je demeurai donc seul et sans autre appui que moi-même. La pensée de Clarimonde recommença à m'obséder, et, quelques efforts que je fisse pour la chasser, je n'y parvenais pas toujours. Un soir, en me promenant dans les allées bordées de buis de mon petit jardin, il me sembla voir à travers la charmille[1] une forme de femme qui suivait tous mes mouvements, et entre les feuilles étinceler les deux prunelles vert de mer ; mais ce n'était qu'une illusion, et, ayant passé de l'autre côté de l'allée, je n'y trouvai rien qu'une trace de pied sur le sable, si petit qu'on eût dit un pied d'enfant. Le jardin était entouré de murailles très hautes ; j'en visitai tous les coins et recoins, il n'y avait personne. Je n'ai jamais pu m'expliquer cette circonstance qui, du reste, n'était rien à côté des étranges choses qui me devaient arriver. Je vivais ainsi depuis un an, remplissant avec exactitude tous les devoirs de mon état, priant, jeûnant, exhortant[2] et secourant les malades, faisant l'aumône jusqu'à me retrancher les nécessités les plus indispensables. Mais je sentais au-dedans de moi une aridité extrême, et les sources de la grâce[3] m'étaient fermées. Je ne jouissais pas de ce bonheur que donne l'accomplissement d'une sainte mission ; mon idée était ailleurs, et les paroles de Clarimonde me revenaient souvent sur les lèvres comme une espèce de refrain involontaire. Ô frère, méditez bien ceci ! Pour

1. ***Charmille*** : plant de petits charmes (arbrisseaux à bois blanc et à grain fin).
2. ***Exhortant*** : encourageant.
3. ***Grâce*** : bonté divine.

avoir levé une seule fois le regard sur une femme, pour une faute en apparence si légère, j'ai éprouvé pendant plusieurs années les plus misérables agitations : ma vie a été troublée à tout jamais.

Je ne vous retiendrai pas plus longtemps sur ces défaites et sur ces victoires intérieures toujours suivies de rechutes plus profondes, et je passerai sur-le-champ à une circonstance décisive. Une nuit l'on sonna violemment à ma porte. La vieille gouvernante alla ouvrir, et un homme au teint cuivré et richement vêtu, mais selon une mode étrangère, avec un long poignard, se dessina sous les rayons de la lanterne de Barbara[1]. Son premier mouvement fut la frayeur; mais l'homme la rassura, et lui dit qu'il avait besoin de me voir sur-le-champ pour quelque chose qui concernait mon ministère[2]. Barbara le fit monter. J'allais me mettre au lit. L'homme me dit que sa maîtresse, une très grande dame, était à l'article de la mort et désirait un prêtre. Je répondis que j'étais prêt à le suivre; je pris avec moi ce qu'il fallait pour l'extrême-onction[3] et je descendis en toute hâte. À la porte piaffaient d'impatience deux chevaux noirs comme la nuit, et soufflant sur leur poitrail deux longs flots de fumée. Il me tint l'étrier et m'aida à monter sur l'un, puis il sauta sur l'autre en appuyant seulement une main sur le pommeau de la selle. Il serra les genoux et lâcha les guides à son cheval qui partit comme la flèche. Le mien, dont il tenait la bride, prit aussi le galop et se maintint dans une égalité parfaite. Nous dévorions le chemin; la terre filait sous nous grise et rayée, et les silhouettes noires des arbres s'enfuyaient comme une armée en déroute. Nous traversâmes une forêt d'un sombre si opaque et si glacial, que je me sentis courir sur la peau un frisson de superstitieuse terreur. Les

1. Il s'agit de la gouvernante.
2. *Mon ministère* : ma fonction.
3. *L'extrême-onction* : le dernier sacrement, délivré au fidèle qui est sur le point de mourir.

aigrettes[1] d'étincelles que les fers de nos chevaux arrachaient aux cailloux laissaient sur notre passage comme une traînée de feu, et si quelqu'un, à cette heure de nuit, nous eût vus, mon conducteur et moi, il nous eût pris pour deux spectres[2] à cheval sur le cauchemar. Des feux follets traversaient de temps en temps le chemin, et les choucas[3] piaulaient piteusement dans l'épaisseur du bois, où brillaient de loin en loin les yeux phosphoriques de quelques chats sauvages. La crinière des chevaux s'échevelait de plus en plus, la sueur ruisselait sur leurs flancs, et leur haleine sortait bruyante et pressée de leurs narines. Mais, quand il les voyait faiblir, l'écuyer pour les ranimer poussait un cri guttural[4] qui n'avait rien d'humain, et la course recommençait avec furie. Enfin le tourbillon s'arrêta ; une masse noire piquée de quelques points brillants se dressa subitement devant nous ; les pas de nos montures sonnèrent plus bruyants sur un plancher ferré, et nous entrâmes sous une voûte qui ouvrait sa gueule sombre entre deux énormes tours. Une grande agitation régnait dans le château ; des domestiques avec des torches à la main traversaient les cours en tous sens, et des lumières montaient et descendaient de palier en palier. J'entrevis confusément d'immenses architectures, des colonnes, des arcades, des perrons et des rampes, un luxe de construction tout à fait royal et féerique. Un page nègre, le même qui m'avait donné les tablettes[5] de Clarimonde et que je reconnus à l'instant, me vint aider à descendre, et un majordome vêtu de velours noir avec une chaîne d'or au col et une canne d'ivoire à la main, s'avança au-devant de moi. De grosses larmes débordaient de ses yeux et coulaient le long de ses joues sur sa barbe blanche. «Trop tard ! fit-il en hochant

1. ***Aigrettes*** : panaches.
2. ***Spectre*** : fantômes.
3. ***Choucas*** : oiseaux au plumage noir, proches du corbeau.
4. ***Guttural*** : qui vient de la gorge.
5. ***Tablettes*** : ici, messages, feuilles manuscrites ; voir p. 73-74.

la tête, trop tard! seigneur prêtre; mais, si vous n'avez pu sauver l'âme, venez veiller le pauvre corps.» Il me prit par le bras et me conduisit à la salle funèbre; je pleurais aussi fort que lui, car j'avais compris que la morte n'était autre que cette Clarimonde tant et si follement aimée. Un prie-Dieu était disposé à côté du lit; une flamme bleuâtre voltigeant sur une patère[1] de bronze jetait par toute la chambre un jour faible et douteux, et çà et là faisait papilloter dans l'ombre quelque arête saillante de meuble ou de corniche. Sur la table, dans une urne ciselée[2], trempait une rose blanche fanée dont les feuilles, à l'exception d'une seule qui tenait encore, étaient toutes tombées au pied du vase comme des larmes odorantes; un masque noir brisé, un éventail, des déguisements de toute espèce, traînaient sur les fauteuils et faisaient voir que la mort était arrivée dans cette somptueuse demeure à l'improviste et sans se faire annoncer. Je m'agenouillai sans oser jeter les yeux sur le lit, et je me mis à réciter les psaumes[3] avec une grande ferveur, remerciant Dieu qu'il eût mis la tombe entre l'idée de cette femme et moi, pour que je pusse ajouter à mes prières son nom désormais sanctifié[4]. Mais peu à peu cet élan se ralentit, et je tombai en rêverie. Cette chambre n'avait rien d'une chambre de mort. Au lieu de l'air fétide[5] et cadavéreux que j'étais accoutumé à respirer en ces veilles funèbres, une langoureuse fumée d'essences orientales, je ne sais quelle amoureuse odeur de femme, nageait doucement dans l'air attiédi. Cette pâle lueur avait plutôt l'air d'un demi-jour ménagé pour la volupté que de la veilleuse au reflet jaune qui tremblote près des cadavres. Je songeais au singulier hasard qui m'avait fait retrouver Clarimonde au moment où je la

1. ***Patère*** : coupe évasée.
2. ***Urne ciselée*** : vase sculpté.
3. ***Psaumes*** : prières.
4. ***Sanctifié*** : sacralisé.
5. ***Fétide*** : dont l'odeur est désagréable.

perdais pour toujours, et un soupir de regret s'échappa de ma poitrine. Il me sembla qu'on avait soupiré aussi derrière moi, et je me retournai involontairement. C'était l'écho. Dans ce mouvement, mes yeux tombèrent sur le lit de parade[1] qu'ils avaient jusqu'alors évité. Les rideaux de damas[2] rouge à grandes fleurs, relevés par des torsades d'or, laissaient voir la morte couchée tout de son long et les mains jointes sur la poitrine. Elle était couverte d'un voile de lin d'une blancheur éblouissante, que le pourpre sombre de la tenture faisait encore mieux ressortir, et d'une telle finesse qu'il ne dérobait en rien la forme charmante de son corps et permettait de suivre ces belles lignes onduleuses comme le cou d'un cygne que la mort même n'avait pu roidir[3]. On eût dit une statue d'albâtre[4] faite par quelque sculpteur habile pour mettre sur un tombeau de reine, ou encore une jeune fille endormie sur qui il aurait neigé.

Je ne pouvais plus y tenir ; cet air d'alcôve[5] m'enivrait, cette fébrile senteur de rose à demi fanée me montait au cerveau, et je marchais à grands pas dans la chambre, m'arrêtant à chaque tour devant l'estrade pour considérer la gracieuse trépassée sous la transparence de son linceul. D'étranges pensées me traversaient l'esprit ; je me figurais qu'elle n'était point morte réellement, et que ce n'était qu'une feinte qu'elle avait employée pour m'attirer dans son château et me conter son amour. Un instant même je crus avoir vu bouger son pied dans la blancheur des voiles, et se déranger les plis droits du suaire.

---

1. ***Lit de parade*** : lit sur lequel est exposé un mort illustre avant les funérailles.

2. ***Damas*** : étoffe tissée dont le dessin apparaît, à l'endroit, en satin sur fond de taffetas et, à l'envers, en taffetas sur fond de satin.

3. ***Roidir*** : raidir.

4. ***Albâtre*** : pierre blanche et translucide.

5. ***Alcôve*** : enfoncement ménagé dans une chambre pour le lit.

Et puis je me disais : «Est-ce bien Clarimonde? quelle preuve en ai-je? Ce page noir ne peut-il être passé au service d'une autre femme? Je suis bien fou de me désoler et de m'agiter ainsi.» Mais mon cœur me répondit avec un battement : «C'est bien elle, c'est bien elle.» Je me rapprochai du lit, et je regardai avec un redoublement d'attention l'objet de mon incertitude. Vous l'avouerai-je? cette perfection de formes, quoique purifiée et sanctifiée par l'ombre de la mort, me troublait plus voluptueusement qu'il n'aurait fallu, et ce repos ressemblait tant à un sommeil que l'on s'y serait trompé. J'oubliais que j'étais venu là pour un office funèbre, et je m'imaginais que j'étais un jeune époux entrant dans la chambre de la fiancée qui cache sa figure par pudeur et qui ne se veut point laisser voir. Navré de douleur, éperdu de joie, frissonnant de crainte et de plaisir, je me penchai vers elle et je pris le coin du drap; je le soulevai lentement en retenant mon souffle de peur de l'éveiller. Mes artères palpitaient avec une telle force, que je les sentais siffler dans mes tempes, et mon front ruisselait de sueur comme si j'eusse remué une dalle de marbre. C'était en effet la Clarimonde telle que je l'avais vue à l'église lors de mon ordination; elle était aussi charmante, et la mort chez elle semblait une coquetterie de plus. La pâleur de ses joues, le rose moins vif de ses lèvres, ses longs cils baissés et découpant leur frange brune sur cette blancheur, lui donnaient une expression de chasteté mélancolique[1] et de souffrance pensive d'une puissance de séduction inexprimable; ses longs cheveux dénoués, où se trouvaient encore mêlées quelques petites fleurs bleues, faisaient un oreiller à sa tête et protégeaient de leurs boucles la nudité de ses épaules : ses belles mains, plus pures, plus diaphanes[2] que des hosties,

1. ***Mélancolique*** : d'une tristesse vague.
2. ***Diaphanes*** : pâles et délicates.

étaient croisées dans une attitude de pieux repos et de tacite[1] prière, qui corrigeait ce qu'auraient pu avoir de trop séduisant, même dans la mort, l'exquise rondeur et le poli d'ivoire de ses bras nus dont on n'avait pas ôté les bracelets de perles. Je restai longtemps absorbé dans une muette contemplation, et, plus je la regardais, moins je pouvais croire que la vie avait pour toujours abandonné ce beau corps. Je ne sais si cela était une illusion ou un reflet de la lampe, mais on eût dit que le sang recommençait à circuler sous cette mate pâleur; cependant elle était toujours de la plus parfaite immobilité. Je touchai légèrement son bras; il était froid, mais pas plus froid pourtant que sa main le jour qu'elle avait effleuré la mienne sous le portail de l'église. Je repris ma position, penchant ma figure sur la sienne et laissant pleuvoir sur ses joues la tiède rosée de mes larmes. Ah! quel sentiment amer[2] de désespoir et d'impuissance! quelle agonie que cette veille! j'aurais voulu pouvoir ramasser ma vie en un monceau pour la lui donner et souffler sur sa dépouille glacée la flamme qui me dévorait. La nuit s'avançait, et, sentant approcher le moment de la séparation éternelle, je ne pus me refuser cette triste et suprême douceur de déposer un baiser sur les lèvres mortes de celle qui avait eu tout mon amour. Ô prodige! un léger souffle se mêla à mon souffle, et la bouche de Clarimonde répondit à la pression de la mienne : ses yeux s'ouvrirent et reprirent un peu d'éclat, elle fit un soupir, et, décroisant ses bras, elle les passa derrière mon cou avec un air de ravissement ineffable[3]. «Ah! c'est toi, Romuald, dit-elle d'une voix languissante et douce comme les dernières vibrations d'une harpe; que fais-tu donc? Je t'ai attendu si longtemps, que je suis morte; mais maintenant nous sommes fiancés, je pourrai te voir et aller

1. ***Tacite*** : inexprimée, sous-entendue.
2. ***Amer*** : triste et douloureux.
3. ***Ineffable*** : qui ne peut être exprimé par des paroles.

chez toi. Adieu, Romuald, adieu ! je t'aime ; c'est tout ce que je voulais te dire, et je te rends la vie que tu as rappelée sur moi une minute avec ton baiser ; à bientôt. »

Sa tête retomba en arrière, mais elle m'entourait toujours de ses bras comme pour me retenir. Un tourbillon de vent furieux défonça la fenêtre et entra dans la chambre ; la dernière feuille de la rose blanche palpita quelque temps comme une aile au bout de la tige, puis elle se détacha et s'envola par la croisée ouverte, emportant avec elle l'âme de Clarimonde. La lampe s'éteignit et je tombai évanoui sur le sein de la belle morte.

Quand je revins à moi, j'étais couché sur mon lit, dans ma petite chambre de presbytère, et le vieux chien de l'ancien curé léchait ma main allongée hors de la couverture. Barbara s'agitait dans la chambre avec un tremblement sénile[1], ouvrant et fermant des tiroirs, ou remuant des poudres dans des verres. En me voyant ouvrir les yeux, la vieille poussa un cri de joie, le chien jappa et frétilla de la queue ; mais j'étais si faible, que je ne pus prononcer une seule parole ni faire aucun mouvement. J'ai su depuis que j'étais resté trois jours ainsi, ne donnant d'autre signe d'existence qu'une respiration presque insensible. Ces trois jours ne comptent pas dans ma vie, et je ne sais où mon esprit était allé pendant tout ce temps ; je n'en ai gardé aucun souvenir. Barbara m'a conté que le même homme au teint cuivré, qui m'était venu chercher pendant la nuit, m'avait ramené le matin dans une litière[2] fermée et s'en était retourné aussitôt. Dès que je pus rappeler mes idées, je repassai en moi-même toutes les circonstances de cette nuit fatale. D'abord je pensai que j'avais été le jouet d'une illusion magique ; mais des circonstances réelles et palpables

1. ***Sénile*** : de vieillesse.
2. ***Litière*** : lit ambulant.

détruisirent bientôt cette supposition. Je ne pouvais croire que j'avais rêvé, puisque Barbara avait vu comme moi l'homme aux deux chevaux noirs et qu'elle en décrivait l'ajustement et la tournure avec exactitude. Cependant personne ne connaissait dans les environs un château auquel s'appliquât la description du château où j'avais retrouvé Clarimonde.

Un matin je vis entrer l'abbé Sérapion. Barbara lui avait mandé[1] que j'étais malade, et il était accouru en toute hâte. Quoique cet empressement démontrât de l'affection et de l'intérêt pour ma personne, sa visite ne me fit pas le plaisir qu'elle m'aurait dû faire. L'abbé Sérapion avait dans le regard quelque chose de pénétrant et d'inquisiteur[2] qui me gênait. Je me sentais embarrassé et coupable devant lui. Le premier il avait découvert mon trouble intérieur, et je lui en voulais de sa clairvoyance.

Tout en me demandant des nouvelles de ma santé d'un ton hypocritement mielleux[3], il fixait sur moi ses deux jaunes prunelles de lion et plongeait comme une sonde[4] ses regards dans mon âme. Puis il me fit quelques questions sur la manière dont je dirigeais ma cure, si je m'y plaisais, à quoi je passais le temps que mon ministère me laissait libre, si j'avais fait quelques connaissances parmi les habitants du lieu, quelles étaient mes lectures favorites, et mille autres détails semblables. Je répondais à tout cela le plus brièvement possible, et lui-même, sans attendre que j'eusse achevé, passait à autre chose. Cette conversation n'avait évidemment aucun rapport avec ce qu'il voulait dire. Puis, sans préparation aucune, et comme une nouvelle dont il se souvenait à l'instant et qu'il eût craint d'oublier ensuite, il me dit d'une voix claire et vibrante qui

1. ***Avait mandé*** : avait fait savoir par une lettre, un message.
2. ***Inquisiteur*** : interrogateur.
3. ***Mielleux*** : douceâtre.
4. ***Sonde*** : instrument servant à mesurer une profondeur.

résonna à mon oreille comme les trompettes du Jugement dernier[1] :

« La grande courtisane Clarimonde est morte dernièrement, à la suite d'une orgie[2] qui a duré huit jours et huit nuits. Ç'a été quelque chose d'infernalement splendide. On a renouvelé là les abominations des festins de Balthazar[3] et de Cléopâtre. Dans quel siècle vivons-nous, bon Dieu ! Les convives étaient servis par des esclaves basanés parlant un langage inconnu et qui m'ont tout l'air de vrais démons ; la livrée[4] du moindre d'entre eux eût pu servir de gala[5] à un empereur. Il a couru de tout temps sur cette Clarimonde de bien étranges histoires, et tous ses amants ont fini d'une manière misérable ou violente. On a dit que c'était une goule, un vampire femelle ; mais je crois que c'était Belzébuth[6] en personne. »

Il se tut et m'observa plus attentivement que jamais, pour voir l'effet que ses paroles avaient produit sur moi. Je n'avais pu me défendre d'un mouvement en entendant nommer Clarimonde, et cette nouvelle de sa mort, outre la douleur qu'elle me causait par son étrange coïncidence avec la scène nocturne dont j'avais été témoin, me jeta dans un trouble et un effroi qui parurent sur ma figure, quoi que je fisse pour

---

1. ***Jugement dernier*** : dans la religion chrétienne, jugement que Dieu prononcera à la fin du monde sur le sort de tous les vivants et des morts ressuscités. Il sera précédé du son de sept trompettes.
2. ***Orgie*** : partie de débauche.
3. ***Balthazar*** : dans la Bible, roi de Babylone, fils de Nabuchodonosor. Les « festins de Balthazar » font référence au repas somptueux et abondant qu'il offrit aux gens de sa cour, à ses femmes et concubines, au cours duquel ils burent dans des vases d'or et d'argent volés au Temple de Jérusalem. C'est pendant ce festin que le roi vit une main tracer sur le mur une inscription mystérieuse que seul Daniel, un captif hébreux, sut interpréter, annonçant la fin prochaine du roi et de son royaume.
4. ***Livrée*** : habit porté par les domestiques d'une même maison.
5. ***Gala*** : ici, tenue de gala, de cérémonie.
6. ***Belzébuth*** : le prince des démons dans l'Ancien Testament.

m'en rendre maître. Sérapion me jeta un coup d'œil inquiet et sévère; puis il me dit : «Mon fils, je dois vous en avertir, vous avez le pied levé sur un abîme, prenez garde d'y tomber. Satan a la griffe longue, et les tombeaux ne sont pas toujours fidèles. La pierre de Clarimonde devrait être scellée d'un triple sceau; car ce n'est pas, à ce qu'on dit, la première fois qu'elle est morte. Que Dieu veille sur vous, Romuald ! »

Après avoir dit ces mots, Sérapion regagna la porte à pas lents, et je ne le revis plus; car il partit pour S*** presque aussitôt.

J'étais entièrement rétabli et j'avais repris mes fonctions habituelles. Le souvenir de Clarimonde et les paroles du vieil abbé étaient toujours présents à mon esprit; cependant aucun événement extraordinaire n'était venu confirmer les prévisions funèbres de Sérapion, et je commençais à croire que ses craintes et mes terreurs étaient trop exagérées; mais une nuit je fis un rêve. J'avais à peine bu les premières gorgées du sommeil, que j'entendis ouvrir les rideaux de mon lit et glisser les anneaux sur les tringles avec un bruit éclatant; je me soulevai brusquement sur le coude, et je vis une ombre de femme qui se tenait debout devant moi. Je reconnus sur-le-champ Clarimonde. Elle portait à la main une petite lampe de la forme de celles qu'on met dans les tombeaux, dont la lueur donnait à ses doigts effilés une transparence rose qui se prolongeait par une dégradation insensible jusque dans la blancheur opaque et laiteuse de son bras nu. Elle avait pour tout vêtement le suaire de lin qui la recouvrait sur son lit de parade, dont elle retenait les plis sur sa poitrine, comme honteuse d'être si peu vêtue, mais sa petite main n'y suffisait pas; elle était si blanche, que la couleur de la draperie se confondait avec celle des chairs sous le pâle rayon de la lampe. Enveloppée de ce fin tissu qui trahissait tous les contours de son corps, elle ressemblait à une statue de marbre de baigneuse antique plutôt qu'à une femme douée de vie. Morte ou vivante, statue ou femme, ombre ou corps, sa beauté était toujours la même ; seulement l'éclat vert de ses prunelles était un peu amorti, et sa bouche, si vermeille autrefois, n'était plus teintée que d'un rose faible et tendre presque semblable à celui de ses joues. Les petites fleurs bleues que j'avais remarquées dans ses cheveux étaient tout à fait sèches et avaient presque perdu toutes leurs feuilles ; ce qui ne l'empêchait pas d'être charmante, si charmante que, malgré la singularité de l'aventure et la façon inexplicable dont elle était entrée dans la chambre, je n'eus pas un instant de frayeur.

Elle posa la lampe sur la table et s'assit sur le pied de mon lit, puis elle me dit en se penchant vers moi avec cette voix argentine[1] et veloutée à la fois que je n'ai connue qu'à elle :

« Je me suis bien fait attendre, mon cher Romuald, et tu as dû croire que je t'avais oublié. Mais je viens de bien loin, et d'un endroit d'où personne n'est encore revenu : il n'y a ni lune ni soleil au pays d'où j'arrive ; ce n'est que de l'espace et de l'ombre ; ni chemin, ni sentier ; point de terre pour le pied, point d'air pour l'aile ; et pourtant me voici, car l'amour est plus fort que la mort, et il finira par la vaincre. Ah ! que de faces mornes et de choses terribles j'ai vues dans mon voyage ! Que de peine mon âme, rentrée dans ce monde par la puissance de la volonté, a eue pour retrouver son corps et s'y réinstaller ! Que d'efforts il m'a fallu faire avant de lever la dalle dont on m'avait couverte ! Tiens ! le dedans de mes pauvres mains en est tout meurtri. Baise-les pour les guérir, cher amour ! » Elle m'appliqua l'une après l'autre les paumes froides de ses mains sur la bouche ; je les baisai en effet plusieurs fois, et elle me regardait faire avec un sourire d'ineffable complaisance.

Je l'avoue à ma honte, j'avais totalement oublié les avis de l'abbé Sérapion et le caractère dont j'étais revêtu. J'étais

1. ***Argentine*** : qui résonne clair comme l'argent.

tombé sans résistance et au premier assaut. Je n'avais pas même essayé de repousser le tentateur; la fraîcheur de la peau de Clarimonde pénétrait la mienne, et je me sentais courir sur le corps de voluptueux frissons. La pauvre enfant! malgré tout ce que j'en ai vu, j'ai peine à croire encore que ce fût un démon; du moins elle n'en avait pas l'air, et jamais Satan n'a mieux caché ses griffes et ses cornes. Elle avait reployé ses talons sous elle et se tenait accroupie sur le bord de la couchette dans une position pleine de coquetterie nonchalante. De temps en temps elle passait sa petite main à travers mes cheveux et les roulait en boucles comme pour essayer à mon visage de nouvelles coiffures. Je me laissais faire avec la plus coupable complaisance, et elle accompagnait tout cela du plus charmant babil[1]. Une chose remarquable, c'est que je n'éprouvais aucun étonnement d'une aventure aussi extraordinaire, et, avec cette facilité que l'on a dans la vision d'admettre comme fort simples les événements les plus bizarres, je ne voyais rien là que de parfaitement naturel.

«Je t'aimais bien longtemps avant de t'avoir vu, mon cher Romuald, et je te cherchais partout. Tu étais mon rêve, et je t'ai aperçu dans l'église au fatal moment; j'ai dit tout de suite : "C'est lui!" Je te jetai un regard où je mis tout l'amour que j'avais eu, que j'avais et que je devais avoir pour toi; un regard à damner un cardinal, à faire agenouiller un roi à mes pieds devant toute sa cour. Tu restas impassible[2] et tu me préféras ton Dieu.

«Ah! que je suis jalouse de Dieu, que tu as aimé et que tu aimes encore plus que moi!

«Malheureuse, malheureuse que je suis! je n'aurai jamais ton cœur à moi toute seule, moi que tu as ressuscitée d'un baiser, Clarimonde la morte, qui force à cause de toi les portes

1. ***Babil*** : bavardage agréable et vif.
2. ***Impassible*** : imperturbable, indifférent.

du tombeau et qui vient te consacrer une vie qu'elle n'a reprise que pour te rendre heureux ! »

Toutes ces paroles étaient entrecoupées de caresses délirantes qui étourdirent mes sens et ma raison au point que je ne craignis point pour la consoler de proférer un effroyable blasphème[1], et de lui dire que je l'aimais autant que Dieu.

Ses prunelles se ravivèrent et brillèrent comme des chrysoprases[2]. «Vrai ! bien vrai ! autant que Dieu ! dit-elle en m'enlaçant dans ses beaux bras. Puisque c'est ainsi, tu viendras avec moi, tu me suivras où je voudrai. Tu laisseras tes vilains habits noirs. Tu seras le plus fier et le plus envié des cavaliers, tu seras mon amant. Être l'amant avoué de Clarimonde, qui a refusé un pape, c'est beau, cela ! Ah ! la bonne vie bien heureuse, la belle existence dorée que nous mènerons ! Quand partons-nous, mon gentilhomme[3] ?

– Demain ! demain ! m'écriai-je dans mon délire.

– Demain, soit ! reprit-elle. J'aurai le temps de changer de toilette, car celle-ci est un peu succincte et ne vaut rien pour le voyage. Il faut aussi que j'aille avertir mes gens qui me croient sérieusement morte et qui se désolent tant qu'ils peuvent. L'argent, les habits, les voitures, tout sera prêt ; je te viendrai prendre à cette heure-ci. Adieu, cher cœur.» Et elle effleura mon front du bout de ses lèvres. La lampe s'éteignit, les rideaux se refermèrent, et je ne vis plus rien ; un sommeil de plomb, un sommeil sans rêve s'appesantit sur moi et me tint engourdi jusqu'au lendemain matin. Je me réveillai plus tard que de coutume, et le souvenir de cette singulière vision m'agita toute la journée ; je finis par me persuader que c'était

1. ***Blasphème*** : parole qui outrage Dieu.
2. ***Chrysoprases*** : pierres de couleur verte.
3. ***Mon gentilhomme*** : mon seigneur. Au sens propre, ***gentilhomme*** désigne un homme de naissance noble.

une pure vapeur de mon imagination échauffée. Cependant les sensations avaient été si vives, qu'il était difficile de croire qu'elles n'étaient pas réelles, et ce ne fut pas sans quelque appréhension de ce qui allait arriver que je me mis au lit, après avoir prié Dieu d'éloigner de moi les mauvaises pensées et de protéger la chasteté de mon sommeil.

Je m'endormis bientôt profondément, et mon rêve se continua. Les rideaux s'écartèrent, et je vis Clarimonde, non pas, comme la première fois, pâle dans son pâle suaire et les violettes de la mort sur les joues, mais gaie, leste et pimpante[1], avec un superbe habit de voyage en velours vert orné de ganses[2] d'or et retroussé sur le côté pour laisser voir une jupe de satin. Ses cheveux blonds s'échappaient en grosses boucles de dessous un large chapeau de feutre noir chargé de plumes blanches capricieusement contournées[3]; elle tenait à la main une petite cravache terminée par un sifflet d'or. Elle m'en toucha légèrement et me dit : «Eh bien! beau dormeur, est-ce ainsi que vous faites vos préparatifs? Je comptais vous trouver debout. Levez-vous bien vite, nous n'avons pas de temps à perdre.» Je sautai à bas du lit.

«Allons, habillez-vous et partons, dit-elle en me montrant du doigt un petit paquet qu'elle avait apporté; les chevaux s'ennuient et rongent leur frein à la porte. Nous devrions déjà être à dix lieues[4] d'ici.»

Je m'habillai en hâte, et elle me tendait elle-même les pièces du vêtement, en riant aux éclats de ma gaucherie, et en m'indiquant leur usage quand je me trompais. Elle donna du tour à mes cheveux, et, quand ce fut fait, elle me tendit un petit miroir de poche en cristal de Venise, bordé d'un filigrane

1. ***Pimpante*** : fringante; à la fois fraîche et élégante.
2. ***Ganses*** : cordons.
3. ***Contournées*** : courbées.
4. ***Dix lieues*** : environ 40 kilomètres.

d'argent, et me dit : «Comment te trouves-tu ? veux-tu me prendre à ton service comme valet de chambre ?»

Je n'étais plus le même, et je ne me reconnus pas. Je ne me ressemblais pas plus qu'une statue achevée ne ressemble à un bloc de pierre. Mon ancienne figure avait l'air de n'être que l'ébauche grossière de celle que réfléchissait le miroir. J'étais beau, et ma vanité[1] fut sensiblement chatouillée de cette métamorphose. Ces élégants habits, cette riche veste brodée, faisaient de moi un tout autre personnage, et j'admirais la puissance de quelques aunes[2] d'étoffe taillées d'une certaine manière. L'esprit de mon costume me pénétrait la peau et au bout de dix minutes j'étais passablement fat[3].

Je fis quelques tours par la chambre pour me donner de l'aisance. Clarimonde me regardait d'un air de complaisance maternelle et paraissait très contente de son œuvre. «Voilà bien assez d'enfantillage ; en route mon cher Romuald ! nous allons loin et nous n'arriverons pas.» Elle me prit la main et m'entraîna. Toutes les portes s'ouvraient devant elle aussitôt qu'elle les touchait, et nous passâmes devant le chien sans l'éveiller.

À la porte, nous trouvâmes Margheritone ; c'était l'écuyer qui m'avait déjà conduit ; il tenait en bride trois chevaux noirs comme les premiers, un pour moi, un pour lui, un pour Clarimonde. Il fallait que ces chevaux fussent des genets[4] d'Espagne, nés de juments fécondées par le zéphyr[5] ; car ils allaient aussi vite que le vent, et la lune, qui s'était levée à notre départ pour nous éclairer, roulait dans le ciel comme une roue détachée de son char ; nous la voyions à notre droite

---

1. ***Ma vanité*** : mon autosatisfaction.
2. L'***aune*** est une ancienne mesure de longueur représentant environ 1,20 mètre.
3. ***Fat*** : prétentieux, vaniteux.
4. ***Genets*** : petits chevaux espagnols.
5. ***Zéphyr*** : vent doux et agréable.

sauter d'arbre en arbre et s'essouffler pour courir après nous. Nous arrivâmes bientôt dans une plaine où, auprès d'un bosquet d'arbres, nous attendait une voiture attelée de quatre vigoureuses bêtes; nous y montâmes, et les postillons[1] leur firent prendre un galop insensé. J'avais un bras passé derrière la taille de Clarimonde et une de ses mains ployée dans la mienne; elle appuyait sa tête à mon épaule, et je sentais sa gorge demi-nue frôler mon bras. Jamais je n'avais éprouvé un bonheur aussi vif. J'avais oublié tout en ce moment-là, et je ne me souvenais pas plus d'avoir été prêtre que de ce que j'avais fait dans le sein de ma mère, tant était grande la fascination que l'esprit malin exerçait sur moi. À dater de cette nuit, ma nature s'est en quelque sorte dédoublée, et il y eut en moi deux hommes dont l'un ne connaissait pas l'autre. Tantôt je me croyais un prêtre qui rêvait chaque soir qu'il était gentilhomme[2], tantôt un gentilhomme qui rêvait qu'il était prêtre. Je ne pouvais plus distinguer le songe de la veille, et je ne savais pas où commençait la réalité et où finissait l'illusion. Le jeune seigneur fat et libertin se raillait[3] du prêtre, le prêtre détestait les dissolutions[4] du jeune seigneur. Deux spirales enchevêtrées l'une dans l'autre et confondues sans se toucher jamais représentent très bien cette vie bicéphale[5] qui fut la mienne. Malgré l'étrangeté de cette position, je ne crois pas avoir un seul instant touché à la folie. J'ai toujours conservé très nettes les perceptions de mes deux existences. Seulement, il y avait un fait absurde que je ne pouvais m'expliquer : c'est que le sentiment du même moi existât dans deux hommes

1. ***Postillons*** : cochers.
2. ***Gentilhomme*** : ici, homme du monde (par opposition à la vie religieuse), aux manières distinguées.
3. ***Se raillait*** : se moquait.
4. ***Dissolutions*** : débauches.
5. ***Bicéphale*** : présentant deux aspects différents (au sens propre, « à deux têtes »).

si différents. C'était une anomalie dont je ne me rendais pas compte, soit que je crusse être le curé du petit village de ***, ou *il signor Romualdo*, amant en titre de la Clarimonde.

Toujours est-il que j'étais ou du moins que je croyais être à Venise ; je n'ai pu encore bien démêler ce qu'il y avait d'illusion et de réalité dans cette bizarre aventure. Nous habitions un grand palais de marbre sur le Canaleto, plein de fresques et de statues, avec deux Titiens[1] du meilleur temps dans la chambre à coucher de la Clarimonde, un palais digne d'un roi. Nous avions chacun notre gondole et nos barcarolles[2] à notre livrée, notre chambre de musique et notre poète. Clarimonde entendait la vie d'une grande manière, et elle avait un peu de Cléopâtre dans sa nature. Quant à moi, je menais un train de fils de prince, et je faisais une poussière comme si j'eusse été de la famille de l'un des douze apôtres ou des quatre évangélistes de la sérénissime république[3]. Je ne me serais pas détourné de mon chemin pour laisser passer le doge, et je ne crois pas que, depuis Satan qui tomba du ciel, personne ait été plus orgueilleux et plus insolent que moi. J'allais au Ridotto[4], et je jouais un jeu d'enfer. Je voyais la meilleure société du monde, des fils de famille ruinés, des femmes de théâtre, des escrocs, des parasites[5] et des spadassins[6]. Cependant, malgré la dissipation de cette vie, je restai fidèle à la Clarimonde. Je l'aimais éperdument. Elle eût réveillé la satiété[7] même et fixé l'inconstance. Avoir Clarimonde, c'était avoir vingt maîtresses, c'était avoir toutes les femmes, tant elle était mobile, changeante et dissemblable

---

1. ***Titien*** (v. 1490-1576) : peintre vénitien.

2. ***Barcarolles*** : gondoliers vénitiens.

3. ***Sérénissime république*** : ancienne république de Venise à la tête de laquelle se trouve le doge.

4. ***Ridotto*** : célèbre salle de jeux vénitienne au XVIIIe siècle.

5. ***Parasites*** : pique-assiette.

6. ***Spadassins*** : hommes d'épée.

7. ***Satiété*** : état de satisfaction d'une personne dont le désir est comblé.

d'elle-même ; un vrai caméléon ! Elle vous faisait commettre avec elle l'infidélité que vous eussiez commise avec d'autres, en prenant complètement le caractère, l'allure et le genre de beauté de la femme qui paraissait vous plaire. Elle me rendait mon amour au centuple[1], et c'est en vain que les jeunes patriciens[2] et même les vieux du conseil des Dix[3] lui firent les plus magnifiques propositions. Un Foscari alla même jusqu'à lui proposer de l'épouser ; elle refusa tout. Elle avait assez d'or ; elle ne voulait plus que de l'amour, un amour jeune, pur, éveillé par elle, et qui devait être le premier et le dernier. J'aurais été parfaitement heureux sans un maudit cauchemar qui revenait toutes les nuits, et où je me croyais un curé de village se macérant[4] et faisant pénitence de mes excès du jour. Rassuré par l'habitude d'être avec elle, je ne songeais presque plus à la façon étrange dont j'avais fait connaissance avec Clarimonde. Cependant, ce qu'en avait dit l'abbé Sérapion me revenait quelquefois en mémoire et ne laissait pas que de me donner de l'inquiétude.

Depuis quelque temps la santé de Clarimonde n'était pas aussi bonne ; son teint s'amortissait[5] de jour en jour. Les médecins qu'on fit venir n'entendaient rien à sa maladie, et ils ne savaient qu'y faire. Ils prescrivirent quelques remèdes insignifiants et ne revinrent plus. Cependant elle pâlissait à vue d'œil et devenait de plus en plus froide. Elle était presque aussi blanche et aussi morte que la fameuse nuit dans le château inconnu. Je me désolais de la voir ainsi lentement dépérir. Elle, touchée de ma douleur, me souriait doucement et tristement avec le sourire fatal des gens qui savent qu'ils vont mourir.

---

1. ***Au centuple*** : cent fois plus.
2. ***Patriciens*** : nobles.
3. ***Conseil des Dix*** : tribunal secret réunissant les notables de Venise.
4. ***Se macérant*** : s'imposant des privations, des souffrances.
5. ***S'amortissait*** : devenait de plus en plus pâle, comme celui d'un mort.

Un matin, j'étais assis auprès de son lit, et je déjeunais sur une petite table pour ne la pas quitter d'une minute. En coupant un fruit, je me fis par hasard au doigt une entaille assez profonde. Le sang partit aussitôt en filets pourpres, et quelques gouttes rejaillirent sur Clarimonde. Ses yeux s'éclairèrent, sa physionomie prit une expression de joie féroce et sauvage que je ne lui avais jamais vue. Elle sauta à bas du lit avec une agilité animale, une agilité de singe ou de chat, et se précipita sur ma blessure qu'elle se mit à sucer avec un air d'indicible[1] volupté. Elle avalait le sang par petites gorgées, lentement et précieusement, comme un gourmet qui savoure un vin de Xérès ou de Syracuse ; elle clignait les yeux à demi, et la pupille de ses prunelles vertes était devenue oblongue[2] au lieu de ronde. De temps à autre elle s'interrompait pour me baiser la main, puis elle recommençait à presser de ses lèvres les lèvres de la plaie pour en faire sortir encore quelques gouttes rouges. Quand elle vit que le sang ne venait plus, elle se releva l'œil humide et brillant, plus rose qu'une aurore de mai, la figure pleine, la main tiède et moite, enfin plus belle que jamais et dans un état parfait de santé.

« Je ne mourrai pas ! je ne mourrai pas ! dit-elle à moitié folle de joie et en se pendant à mon cou ; je pourrai t'aimer encore longtemps. Ma vie est dans la tienne, et tout ce qui est moi vient de toi. Quelques gouttes de ton riche et noble sang, plus précieux et plus efficace que tous les élixirs du monde, m'ont rendu l'existence. »

Cette scène me préoccupa longtemps et m'inspira d'étranges doutes à l'endroit de Clarimonde, et le soir même, lorsque le sommeil m'eut ramené à mon presbytère, je vis l'abbé Sérapion plus grave et plus soucieux que jamais. Il me regarda

1. ***Indicible*** : que l'on ne peut dire.
2. ***Oblongue*** : de forme allongée (encore une caractéristique récurrente du diable).

attentivement et me dit : «Non content de perdre votre âme, vous voulez aussi perdre votre corps. Infortuné jeune homme, dans quel piège êtes-vous tombé!» Le ton dont il me dit ce peu de mots me frappa vivement; mais, malgré sa vivacité, cette impression fut bientôt dissipée, et mille autres soins l'effacèrent de mon esprit. Cependant, un soir, je vis dans ma glace, dont elle n'avait pas calculé la perfide position, Clarimonde qui versait une poudre dans la coupe de vin épicé qu'elle avait coutume de préparer après le repas. Je pris la coupe, je feignis d'y porter mes lèvres, et je la posai sur quelque meuble comme pour l'achever plus tard à mon loisir, et, profitant d'un instant où la belle avait le dos tourné, j'en jetai le contenu sous la table; après quoi je me retirai dans ma chambre et je me couchai, bien déterminé à ne pas dormir et à voir ce que tout cela deviendrait. Je n'attendis pas longtemps; Clarimonde entra en robe de nuit, et, s'étant débarrassée de ses voiles, s'allongea dans le lit auprès de moi. Quand elle se fut bien assurée que je dormais, elle découvrit mon bras et tira une épingle d'or de sa tête; puis elle se mit à murmurer à voix basse :

«Une goutte, rien qu'une petite goutte rouge, un rubis au bout de mon aiguille!... Puisque tu m'aimes encore, il ne faut pas que je meure... Ah! pauvre amour, ton beau sang d'une couleur pourpre si éclatante, je vais le boire. Dors, mon seul bien; dors, mon dieu, mon enfant; je ne te ferai pas de mal, je ne prendrai de ta vie que ce qu'il faudra pour ne pas laisser éteindre la mienne. Si je ne t'aimais pas tant, je pourrais me résoudre à avoir d'autres amants dont je tarirais les veines; mais depuis que je te connais, j'ai tout le monde en horreur... Ah! le beau bras! comme il est rond! comme il est blanc! Je n'oserai jamais piquer cette jolie veine bleue.» Et, tout en disant cela, elle pleurait, et je sentais pleuvoir ses larmes sur mon bras qu'elle tenait entre ses mains. Enfin elle se décida, me fit une petite piqûre avec son aiguille et se mit à pomper le sang qui en coulait. Quoiqu'elle en eût bu à peine quelques gouttes, la crainte de m'épuiser la prenant, elle m'entoura avec soin le bras d'une petite bandelette après avoir frotté la plaie d'un onguent[1] qui la cicatrisa sur-le-champ.

Je ne pouvais plus avoir de doutes, l'abbé Sérapion avait raison. Cependant, malgré cette certitude, je ne pouvais m'empêcher d'aimer Clarimonde, et je lui aurais volontiers donné tout le sang dont elle avait besoin pour soutenir son existence factice[2]. D'ailleurs, je n'avais pas grand-peur ; la femme me répondait du vampire, et ce que j'avais entendu et vu me rassurait complètement ; j'avais alors des veines plantureuses qui ne se seraient pas de sitôt épuisées, et je ne marchandais pas ma vie goutte à goutte. Je me serais ouvert le bras moi-même et je lui aurais dit : « Bois ! et que mon amour s'infiltre dans ton corps avec mon sang ! » J'évitais de faire la moindre allusion au narcotique[3] qu'elle m'avait versé et à la scène de l'aiguille, et nous vivions dans le plus parfait accord. Pourtant mes scrupules de prêtre me tourmentaient plus que jamais, et je ne savais quelle macération nouvelle inventer pour mater et mortifier ma chair. Quoique toutes ces visions fussent involontaires et que je n'y participasse en rien, je n'osais pas toucher le Christ avec des mains aussi impures et un esprit souillé par de pareilles débauches réelles ou rêvées. Pour éviter de tomber dans ces fatigantes hallucinations, j'essayais de m'empêcher de dormir, je tenais mes paupières ouvertes avec les doigts et je restais debout au long des murs, luttant contre le sommeil de toutes mes forces ; mais le sable de l'assoupissement me roulait bientôt dans les yeux, et, voyant que toute lutte était inutile, je laissais tomber les bras de découragement et de lassitude, et le courant me rentraînait vers les rives perfides. Sérapion me faisait les

1. ***Onguent*** : pommade.
2. ***Factice*** : artificielle, non naturelle.
3. ***Narcotique*** : somnifère.

plus véhémentes exhortations[1], et me reprochait durement ma mollesse et mon peu de ferveur. Un jour que j'avais été plus agité qu'à l'ordinaire, il me dit : «Pour vous débarrasser de cette obsession, il n'y a qu'un moyen, et quoiqu'il soit extrême, il le faut employer : aux grands maux les grands remèdes. Je sais où Clarimonde a été enterrée ; il faut que nous la déterrions et que vous voyiez dans quel état pitoyable est l'objet de votre amour ; vous ne serez plus tenté de perdre votre âme pour un cadavre immonde dévoré des vers et près de tomber en poudre ; cela vous fera assurément rentrer en vous-même.» Pour moi, j'étais si fatigué de cette double vie, que j'acceptai : voulant savoir, une fois pour toutes, qui du prêtre ou du gentilhomme était dupe d'une illusion, j'étais décidé à tuer au profit de l'un ou de l'autre un des deux hommes qui étaient en moi ou à les tuer tous les deux, car une pareille vie ne pouvait durer. L'abbé Sérapion se munit d'une pioche, d'un levier et d'une lanterne, et à minuit nous nous dirigeâmes vers le cimetière de ***, dont il connaissait parfaitement le gisement[2] et la disposition. Après avoir porté la lumière de la lanterne sourde sur les inscriptions de plusieurs tombeaux, nous arrivâmes enfin à une pierre à moitié cachée par les grandes herbes et dévorée de mousses et de plantes parasites, où nous déchiffrâmes ce commencement d'inscription :

Ici gît Clarimonde
Qui fut de son vivant
La plus belle du monde.

«C'est bien ici», dit Sérapion, et, posant à terre sa lanterne, il glissa la pince dans l'interstice de la pierre et commença à la soulever. La pierre céda, et il se mit à l'ouvrage avec la pioche.

---

1. ***Exhortations*** : recommandations.
2. ***Le gisement*** : la localisation.

Moi, je le regardais faire, plus noir et plus silencieux que la nuit elle-même ; quant à lui, courbé sur son œuvre funèbre il ruisselait de sueur, il haletait, et son souffle pressé avait l'air d'un râle d'agonisant. C'était un spectacle étrange, et qui nous eût vus du dehors nous eût plutôt pris pour des profanateurs et des voleurs de linceuls, que pour des prêtres de Dieu. Le zèle de Sérapion avait quelque chose de dur et de sauvage qui le faisait ressembler à un démon plutôt qu'à un apôtre ou à un ange, et sa figure aux grands traits austères[1] et profondément découpés par le reflet de la lanterne n'avait rien de très rassurant. Je me sentais perler sur les membres une sueur glaciale, et mes cheveux se redressaient douloureusement sur ma tête ; je regardais au fond de moi-même l'action du sévère Sérapion comme un abominable sacrilège, et j'aurais voulu que du flanc des sombres nuages qui roulaient pesamment au-dessus de nous sortît un triangle de feu qui le réduisît en poudre. Les hiboux perchés sur les cyprès, inquiétés par l'éclat de la lanterne, en venaient fouetter lourdement la vitre avec leurs ailes poussiéreuses, en jetant des gémissements plaintifs ; les renards glapissaient dans le lointain, et mille bruits sinistres se dégageaient du silence. Enfin la pioche de Sérapion heurta le cercueil dont les planches retentirent avec un bruit sourd et sonore, avec ce terrible bruit que rend le néant quand on y touche ; il en renversa le couvercle, et j'aperçus Clarimonde pâle comme un marbre, les mains jointes ; son blanc suaire ne faisait qu'un seul pli de sa tête à ses pieds. Une petite goutte rouge brillait comme une rose au coin de sa bouche décolorée. Sérapion, à cette vue, entra en fureur : « Ah ! te voilà, démon, courtisane impudique, buveuse de sang et d'or ! » et il aspergea d'eau bénite le corps et le cercueil sur lequel il traça la forme d'une croix avec

1. ***Austères*** : sévères.

son goupillon[1]. La pauvre Clarimonde n'eut pas été plutôt touchée par la sainte rosée que son beau corps tomba en poussière ; ce ne fut plus qu'un mélange affreusement informe de cendres et d'os à demi calcinés. «Voilà votre maîtresse, seigneur Romuald, dit l'inexorable[2] prêtre en me montrant ces tristes dépouilles, serez-vous encore tenté d'aller vous promener au Lido[3] et à Fusine[4] avec votre beauté ?» Je baissai la tête ; une grande ruine venait de se faire au-dedans de moi. Je retournai à mon presbytère, et le seigneur Romuald, amant de Clarimonde, se sépara du pauvre prêtre, à qui il avait tenu pendant si longtemps une si étrange compagnie. Seulement, la nuit suivante, je vis Clarimonde ; elle me dit, comme la première fois sous le portail de l'église : «Malheureux ! malheureux ! qu'as-tu fait ? Pourquoi as-tu écouté ce prêtre imbécile ? n'étais-tu pas heureux ? et que t'avais-je fait, pour violer ma pauvre tombe et mettre à nu les misères de mon néant ? Toute communication entre nos âmes et nos corps est rompue désormais. Adieu, tu me regretteras.» Elle se dissipa dans l'air comme une fumée, et je ne la revis plus.

Hélas ! elle a dit vrai : je l'ai regrettée plus d'une fois et je la regrette encore. La paix de mon âme a été bien chèrement achetée ; l'amour de Dieu n'était pas de trop pour remplacer le sien. Voilà, frère, l'histoire de ma jeunesse. Ne regardez jamais une femme, et marchez toujours les yeux fixés en terre, car, si chaste et si calme que vous soyez, il suffit d'une minute pour vous faire perdre l'éternité.

---

1. ***Goupillon*** : ustensile dont on se sert dans les églises pour asperger d'eau bénite quelqu'un ou quelque chose.
2. ***Inexorable*** : inflexible.
3. ***Lido*** : étroite et longue bande de terre qui sépare Venise de l'Adriatique. Importante station balnéaire.
4. ***Fusine*** : petite ville de Vénétie.

Luigi Capuana

Le Mari vampire
(1907)

«Faites incinérer le cadavre. L'expérience m'intéresse, comme ami et comme homme de science.»

Le Mari vampire, p. 126.

La science serait-elle l'ultime et définitif rempart capable de se dresser entre le vampire et ses proies humaines ? C'est ce que semble croire Lelio Giorgi dans cette nouvelle, lorsqu'il s'adresse à son ami Mongeri et lui fait part des événements terrifiants dont son enfant, sa femme et lui sont victimes : depuis des mois, un revenant furieux les harcèle. Il s'agit du premier mari (décédé) de l'épouse de Lelio : jaloux du bonheur conjugal de celle-ci, persuadé qu'elle a orchestré sa mort, il lui apparaît la nuit, l'accable de reproches et, finalement, s'en prend à l'enfant dans son berceau, que la vie abandonne peu à peu, sous l'effet de la morsure répétée du vampire.

Lelio supplie son ami de le croire et de lui apporter tout le renfort d'un point de vue objectif et rationnel. D'abord incrédule et prodiguant des explications relevant de la psychologie, Mongeri finit par se laisser convaincre de se rendre sur les lieux...

■ Une œuvre fantastique inspirée du folklore sicilien

Écrivain, professeur et critique littéraire italien, Luigi Capuana est né le 28 mai 1839 à Mineo, dans la province de Catane, à l'est de la Sicile, et mort le 29 novembre 1915 à Catane. Théoricien du vérisme[1], influencé par le naturalisme[2] d'Émile Zola, il est

1. ***Vérisme*** (emprunté à l'italien *verismo*, de *vero*, « vrai ») : mouvement artistique italien de la fin du XIXe siècle, inspiré du naturalisme français.
2. Le ***naturalisme*** en littérature se posait comme une étude objective et scientifique de la société et de la psychologie humaine.

l'auteur d'une œuvre réaliste importante[1], mais aussi de contes pour enfants, de récits fantaisistes[2] et de nouvelles fantastiques qui puisent leur source dans les nombreuses légendes et superstitions de Sicile. La nouvelle *Le Mari vampire* a été publiée la première fois en 1907, sous le titre *Un vampiro,* aux éditions Enrico Voghera, à Rome, et en français, en 1961, dans l'anthologie *Histoires de vampires* (dir. Roger Vadim), aux éditions Robert Laffont, à Paris.

■ La science impuissante face au vampire

Le XXe siècle offre un nouveau territoire au récit fantastique : celui de l'inconscient mis au jour par les travaux de Sigmund Freud[3]. Cette partie de l'esprit humain est le siège des rêves, des hallucinations et de tous les troubles mentaux qui altèrent la perception du réel. À la lumière de cette découverte, on peut être tenté de traiter le vampire comme la manifestation morbide[4] d'un désordre de l'esprit, un simple symptôme d'un état psychopathologique[5]. Luigi Capuana ne cède pas à cette tentation et réaffirme la puissance du mythe du vampire en montrant l'inefficacité des sciences nouvelles : le personnage de Mongeri n'est pas sans rappeler les médecins de Molière à qui leur jargon[6] tient lieu de science.

La nouvelle de Luigi Capuana dépasse les querelles de spécialistes dans leurs tentatives de donner une définition du

---

1. Parmi ses œuvres traduites en français : *Giacanta*, 1879 (trad. 2006) ; *La Torture*, 1893 (trad. 1990).
2. Traduit en français : *L'Œuf noir et autres contes fantaisistes*, 1882 (trad. 2006).
3. ***Sigmund Freud*** (1856-1939) : médecin autrichien, fondateur de la psychanalyse (théorie du fonctionnement du psychisme humain).
4. ***Morbide*** : qui a le caractère de la maladie.
5. ***Psychopathologique*** : montrant des troubles mentaux.
6. ***Jargon*** : langage incompréhensible, propre à une profession.

« fantastique ». Dans l'esprit des personnages, la réalité de l'existence du vampire ne fait pas de doute, mais la véritable question demeure : que peut faire l'esprit humain d'une telle vérité ? Lorsque la raison doit rendre les armes devant l'intrusion incontestable de faits surnaturels, il ne reste aux esprits forts que le refuge de la mauvaise foi. Comme le narrateur le souligne avec humour, « l'intelligence est affaire d'habitude ».

Le Mari vampire

À Lombroso.

«Non, ne ris pas ! s'exclama Lelio Giorgi, en s'interrompant.

– Comment veux-tu que je ne rie pas ? répondit Mongeri. Je ne crois pas aux esprits.

– Je n'y croyais pas… et je ne voudrais pas y croire moi non plus, reprit Giorgi. Je viens chez toi, justement, pour avoir l'explication de faits qui peuvent détruire mon bonheur et qui, déjà, troublent extraordinairement ma raison.

– Faits ?… Hallucinations[1], tu veux dire. Cela signifie que tu es malade, et qu'il faut te soigner. L'hallucination, oui, est un fait en soi ; mais ce qu'elle représente n'a pas de correspondance en dehors de nous, dans la réalité. C'est, pour la mieux exprimer[2], une sensation qui va de l'intérieur à l'extérieur ; une sorte de projection de notre organisme. C'est ainsi que l'œil voit ce qu'en réalité il ne voit pas ; que l'ouïe entend ce qu'en réalité elle n'entend pas. Des sensations antérieures, souvent accumulées en nous à notre insu[3], se réveillent au-dedans de nous-mêmes, s'organisent, comme cela arrive dans

---

1. ***Hallucinations*** : perceptions par un être éveillé de choses qui n'existent pas.
2. ***Pour la mieux exprimer*** : pour mieux l'exprimer.
3. ***À notre insu*** : sans que nous sachions la chose, sans en avoir conscience.

les rêves. Pourquoi ? De quelle façon ? Nous ne le savons pas encore. Et nous rêvons (c'est le terme exact) les yeux ouverts. Il faut distinguer. Il y a des hallucinations momentanées, très brèves, qui n'impliquent aucun désordre organique ou psychique[1]. Il y en a de persistantes, et alors… Mais ce n'est pas ton cas.

– Oui, c'est le mien et celui de ma femme !

– Tu n'as pas bien compris. Nous autres scientifiques nommons persistantes les hallucinations des fous. Il n'est pas nécessaire, je crois, que je m'explique par quelque exemple… Et le fait que vous êtes deux à souffrir de la même hallucination, et dans le même moment, est un simple cas d'induction[2]. C'est probablement toi qui influes sur le système nerveux de ta femme.

– Non, au départ, ce fut elle.

– Cela veut dire alors que ton système nerveux est plus faible ou plus facilement réceptif… Ne fronce pas le nez, mon poète, devant ces mots que tes dictionnaires n'enregistrent peut-être pas. Nous les trouvons commodes et nous nous en servons.

– Si tu m'avais laissé parler…

– Il vaut mieux ne pas remuer certaines choses. Tu attends une explication de la science ? Eh bien, en son nom, je te réponds qu'elle n'a, pour le moment, aucune explication d'aucune sorte à te donner. Nous sommes dans le domaine des hypothèses. Nous en faisons une par jour ; celle d'aujourd'hui n'est pas celle d'hier ; celle de demain ne sera pas celle d'aujourd'hui. Vous êtes bizarres, vous autres artistes ! Quand cela vous va, vous vous moquez de la science, vous n'évaluez pas à leur juste valeur les tentatives, les études, les hypothèses qui, elles aussi, servent à la faire avancer ; puis, devant un

1. ***Organique*** : qui concerne les organes du corps. ***Psychique*** : en rapport avec la pensée, l'esprit.

2. ***Induction*** : ici, suggestion, influence d'un esprit sur un autre.

cas qui vous touche personnellement, vous prétendez[1] que cette même science vous donne des réponses claires, précises, catégoriques. Il y a malheureusement, des hommes de science qui se prêtent à ce jeu, par conviction ou par vanité[2]. Je ne suis pas de ceux-là. Veux-tu que je te le dise clair et net ? La science est la plus grande preuve de notre ignorance. Pour te tranquilliser, je t'ai parlé d'hallucination, d'induction, de réceptivité… Des mots, mon cher ! Plus j'étudie, et plus je me sens pris du désespoir de savoir quelque chose de certain. Cela semble fait exprès ; quand les scientifiques se réjouissent déjà d'avoir constaté une loi, patatras ! voilà un fait, une découverte qui la renverse d'un tour de main. Il faut se résigner. Et toi, laisse faire, ce qui t'arrive à toi et à ta femme est arrivé à tant d'autres. Cela passera. Que t'importe de savoir pourquoi et comment cela est arrivé ? T'inquiètent-ils, tes rêves ?

– Si tu me permettais de parler…

– Parle, parle, puisque tu veux t'expliquer ; mais je te le dis, à l'avance, tu fais pire. Le seul moyen de triompher de certaines impressions est de se distraire, de les soumettre à des impressions plus fortes, en s'éloignant des lieux qui ont probablement contribué à les produire. Un diable chasse l'autre : c'est un proverbe fort sage.

– Nous l'avons fait ; ça a été inutile. Les premiers phénomènes, les premières manifestations plus évidentes sont arrivées à la campagne, dans notre propriété de Foscolara. Nous avons fui. Mais le soir même de notre arrivée en ville…

– C'est naturel. Quelle distraction pouvait vous donner votre maison ? Vous deviez voyager, vivre à l'hôtel, un jour ici, un jour là ; passer vos journées à voir des églises, des monuments, des musées, des théâtres ; rentrer à l'hôtel le soir tard, morts de fatigue…

---

1. ***Prétendez*** : voulez.
2. ***Vanité*** : autosatisfaction.

– Ça aussi nous l'avons fait, mais…

– Vous deux seuls, j'imagine. Vous deviez rechercher la compagnie de quelque ami, d'un groupe…

– Nous l'avons fait ; ça n'a rien valu.

– Qui sait quelle société[1] !

– De gens sans soucis…

– De gens égoïstes, tu veux dire, et vous vous êtes trouvés complètement isolés au milieu d'eux, je vois…

– Nous prenions part à leur gaieté, sincèrement, sans pensées. À peine nous trouvions-nous seuls… Nous ne pouvions tout de même pas faire dormir ces gens avec nous…

– Donc vous dormiez ? Maintenant, je ne comprends plus si tu veux parler d'hallucinations ou de rêves…

– Oh, je t'en prie, avec tes hallucinations, tes rêves ! Nous étions éveillés, les yeux grands ouverts, dans le plus parfait exercice des sens et de l'esprit, comme je le suis en ce moment où je voudrais raisonner avec toi et où tu t'obstines à ne pas vouloir m'accorder…

– Tout ce que tu veux…

– Je voudrais au moins t'exposer les faits.

– Je les connais, je les imagine ; les livres de science en sont bourrés. Il pourrait y avoir des différences insignifiantes dans les détails… Ça ne compte pas. La nature essentielle du phénomène ne change pas pour autant.

– Tu ne veux même pas me donner la satisfaction ?…

– Cent, pas une[2], puisque cela te fait plaisir. Tu es de ceux qui aiment se rouler dans leur douleur, comme s'ils voulaient en jouir… C'est stupide, pardonne-moi ! Mais si ça te fait plaisir…

– Franchement, il me semble que tu as peur.

---

1. ***Société*** : ici, fréquentation, compagnie.

2. ***Cent, pas une*** : je ne te donne pas une mais cent satisfactions.

– Peur de quoi ? Ce serait la meilleure !

– Peur de devoir changer d'opinion. Tu as dit : je ne crois pas aux esprits. Et si, après mon récit, tu étais obligé d'y croire ?

– Eh bien, oui ; cela m'amuserait. Que veux-tu ? Nous sommes ainsi, nous, scientifiques : nous sommes des hommes, mon cher. Quand notre façon de voir, de juger, a pris un certain pli, notre esprit en arrive presque à refuser de prêter foi à[1] nos sens. L'intelligence elle aussi est affaire d'habitude. En attendant, toi, tu me mets le dos au mur. Soit. Écoutons donc ces fameux faits.

– Oh !... s'exclama Lelio Giorgi avec une respiration profonde. Tu sais déjà par quel triste concours de circonstances il me fallut aller chercher fortune en Amérique. Les parents de Luisa étaient contraires[2] à notre union – et je ne dis pas qu'ils avaient tort –, pour eux comptait surtout la situation financière de celui qui devait être le mari de leur fille. Ils n'avaient pas confiance en mon génie[3]. Ma prétendue qualité de poète inspirait plutôt leur méfiance. Ce petit volume de vers de jeunesse, publié alors, fut ma plus grande malchance. Bien loin d'en publier, je n'en ai même plus écrit depuis cette année-là ; mais toi aussi, il y a un instant, tu m'as nommé "cher poète !". L'étiquette m'est restée, marquée à l'encre indélébile. Il suffit. On dit qu'il y a un Dieu pour les ivrognes et pour les enfants. Il faudrait ajouter : et "parfois aussi pour les poètes", puisqu'il me faut passer pour poète.

– Voilà bien comme vous êtes vous autres hommes de lettres ! Vous commencez toujours *ab ovo*[4] !

---

1. ***Prêter foi à*** : croire en.
2. ***Contraires*** : opposés.
3. ***Génie*** : talent.
4. ***Ab ovo*** : locution latine qui signifie « depuis l'origine » (littéralement, « depuis l'œuf »).

– Ne t'impatiente pas. Écoute. Pendant les trois ans que je passai à Buenos Aires[1], je n'eus aucune nouvelle de Luisa. Puis lorsque me tomba du ciel l'héritage de cet oncle, qui ne s'était jamais manifesté à moi auparavant, je rentrai en Europe, courus à Londres… et avec deux cent mille lires[2] de billets de la Banque d'Angleterre, je volai ici… où m'attendait la plus douloureuse désillusion. Luisa était mariée depuis six mois ! Et je l'aimais plus qu'avant !… La pauvre enfant avait dû céder aux insistantes pressions des siens. Il s'en fallut de peu, je te le jure, que je ne commette une folie. Ces détails, tu verras, ne sont pas superflus… Je commis cependant la sottise de lui envoyer une très fougueuse[3] lettre de reproches et de la lui expédier par la poste. Je n'avais pas prévu qu'elle pût tomber dans les mains du mari. Le lendemain, il se présenta chez moi. Je compris immédiatement l'énormité de mon action et me promis de rester calme. Il était calme lui aussi.

«"Je viens vous rendre cette lettre, me dit-il. J'ai ouvert par erreur, non par indiscrétion, l'enveloppe qui la contenait. Et c'est bien qu'il en ait été ainsi. On m'a assuré que vous étiez un gentilhomme[4]. Je respecte votre douleur ; mais j'espère que vous ne voudrez pas troubler inutilement la paix d'une famille. Si vous êtes en mesure de réfléchir, vous conviendrez que personne n'a voulu vous faire du mal volontairement. On n'échappe pas à certaines fatalités de l'existence. Vous comprenez maintenant où est votre devoir. Je vous dis cependant, sans provocation, que je suis résolu à défendre, à tout prix, ma félicité domestique[5]."

«Il avait pâli en parlant et sa voix tremblait.

---

1. ***Buenos Aires*** : capitale de l'Argentine.
2. Avant l'euro, la ***lire*** était l'unité monétaire italienne.
3. ***Fougueuse*** : violente.
4. ***Un gentilhomme*** : ici, un homme au comportement honnête.
5. ***Ma félicité domestique*** : mon bonheur familial.

«“Je vous demande pardon de mon imprudence, répondis-je. Et pour mieux vous rassurer, je vous dirai que je pars demain pour Paris.”

«Je devais être plus pâle que lui ; les mots sortaient avec difficulté de ma bouche. Il me tendit la main ; je la lui serrai. Et je maintins ma parole. Six mois plus tard, je recevais une dépêche de Luisa : “Je suis veuve. Je t’aime toujours. Et toi ?” Son mari était mort depuis deux mois.

– Le monde est ainsi : le malheur de l’un fait le bonheur de l’autre.

– C’est ce qu’égoïstement je pensai moi aussi ; mais ce n’est pas toujours vrai. J’avais cru toucher le ciel du doigt le soir de mes noces et durant les premiers mois de notre union. Par un accord tacite[1], nous évitions de parler de *lui*. Luisa avait détruit toute trace du mort. Non par ingratitude[2], car *lui*, dans l’illusion où il était d’être aimé, avait fait tous ses efforts pour lui faire une vie heureuse ; mais parce qu’elle craignait que l’ombre d’un souvenir, même insignifiant, pût me déplaire. Elle devinait juste. Parfois, la pensée que le corps de mon adorée avait été la totale possession, légitime[3] il est vrai, d’un autre, me donnait un tel coup au cœur que j’en frémissais de la tête aux pieds. Je m’efforçais de le lui cacher. Souvent cependant, l’intuition féminine voilait de mélancolie les beaux yeux de Luisa. Aussi la vis-je d’autant plus rayonnante de joie le jour où elle fut sûre de pouvoir m’annoncer qu’un fruit de notre amour palpitait en son sein[4]. Je me souviens fort bien : nous prenions le café, moi debout, elle assise en une pose de douce lassitude. Ce fut la première fois qu’une allusion au passé franchit ses lèvres.

---

1. ***Tacite*** : inexprimé, sous-entendu.
2. ***Ingratitude*** : manque de reconnaissance.
3. ***Légitime*** : qui est reconnu, consacré par la loi (ici, le mariage).
4. ***Un fruit de notre amour palpitait en son sein*** : elle était enceinte.

«“Comme je suis heureuse que cela soit arrivé seulement maintenant !” s’exclama-t-elle.

«On entendit un coup violent à la porte, comme si quelqu’un y avait fortement frappé du poing. Nous tressaillîmes. Je courus voir, croyant à une négligence de la femme de chambre ou d’un serviteur ; il n’y avait personne dans la pièce voisine.

– Vous aurez pris pour un coup de poing quelque éclatement du bois de la porte, causé probablement par la chaleur du jour.

– Telle fut l’explication que je donnai à Luisa dont le trouble était grand ; mais je n’étais nullement convaincu. Une forte sensation d’embarras, je ne sais la définir autrement, s’était emparée de moi et je ne réussissais pas à m’en défaire. Nous demeurâmes quelques instants en attente. Rien. Dès lors, cependant, je notai que Luisa évitait de rester seule ; le trouble persistait en elle bien qu’elle n’osât pas plus me le confesser que moi l’interroger.

– Bien, je comprends maintenant, vous vous êtes suggestionnés[1] l’un par l’autre, sans le savoir.

– Pas du tout. Peu de jours après, je riais de cette impression ; et j’attribuais à l’état intéressant[2] de Luisa l’excessive excitation nerveuse dont sa conduite témoignait. Puis elle parut se tranquilliser elle aussi. L’accouchement eut lieu. Au bout de quelques mois, cependant, je m’aperçus que la même sensation de peur, de terreur même, l’avait reprise. La nuit, soudain, elle s’accrochait à moi, glacée, tremblante. “Qu’as-tu ? Tu te sens mal ? lui demandais-je anxieux. – J’ai peur… Tu n’as pas entendu ? – Non.” “Tu n’entends pas ?… insista-t-elle le soir suivant. – Non.” Mais cette fois, j’entendis un sourd bruit de pas dans la chambre, en haut et en bas,

1. ***Suggestionnés*** : influencés.
2. ***Intéressant*** : ici, renvoie au fait que Luisa est enceinte.

autour du lit ; je disais "non" pour ne pas l'épouvanter plus. Je levai la tête, je regardai. Il doit y avoir quelque rat dans la chambre... "J'ai peur !... J'ai peur !..." Pendant plusieurs nuits, à heure fixe avant minuit, toujours ce piétinement, cet inexplicable aller et venir[1], de long en large, d'une personne invisible, autour du lit. Nous l'attendions.

– Et les imaginations échauffées[2] faisaient le reste.

– Tu me connais bien ; je ne suis pas un homme à m'exciter facilement. Je faisais même le courageux, par égard pour Luisa ; je tentais de lui donner des explications du phénomène : échos, répercussions de bruits lointains ; quelque malfaçon de la maison qui la rendait étrangement sonore... Nous revînmes en ville. Deux fois, le bois au pied du lit fut secoué avec violence. Je sautais à terre pour mieux observer. Luisa, recroquevillée sous les couvertures, balbutiait : "C'est lui ! C'est lui !"

– Écoute, interrompit Mongeri, je ne te le dis pas pour jeter une ombre entre ta femme et toi, mais je n'épouserais pas une veuve pour tout l'or du monde ! En dépit de tout, quelque chose demeure toujours du mari mort dans la veuve. Oui. "C'est lui ! C'est lui !" Mais pas, comme le croit ta femme, l'âme du défunt. Il y a ce *lui*, c'est-à-dire ces sensations, ces impressions de lui demeurées ineffaçables dans sa chair. Nous sommes en pleine physiologie[3].

– Soit. Mais moi, reprit Lelio Giorgi, qu'est-ce que j'ai à voir avec ta physiologie ?

– Tu es suggestionné ; maintenant, c'est évident, tout à fait évident.

– Suggestionné seulement la nuit ? à heure fixe ?

– Oh, l'attention en attente fait des prodiges !

---

1. ***Aller et venir*** : allée et venue.
2. ***Échauffées*** : excitées.
3. ***Physiologie*** : science qui étudie les fonctions et les propriétés des organes.

– Et comment donc le phénomène varie-t-il chaque fois, avec des détails imprévus, puisque mon imagination ne travaille pas ?

– Tu le crois. Nous n'avons pas toujours conscience de ce qui advient en nous. L'inconscient ! Eh ! Eh ! l'inconscient fait des prodiges lui aussi.

– Laisse-moi continuer. Réserve tes explications pour quand j'en aurai fini. Note que le matin, durant la journée, nous raisonnions du phénomène avec une tranquillité relative. Luisa me rendait compte de ce qu'elle avait entendu, pour le confronter avec ce que j'avais entendu moi-même, justement pour me convaincre, comme tu le dis, au cas où nos imaginations surexcitées nous auraient joué, malgré nous, ce vilain tour. Il résultait que nous avions entendu le même bruit de pas, dans la même direction, parfois lent, parfois accéléré ; le même choc au pied du lit, la même secousse à la couverture et dans la même exacte circonstance, c'est-à-dire, quand je tentais, d'une caresse, d'un baiser, de calmer sa terreur, de l'empêcher de crier : "C'est *lui* ! C'est *lui* !" comme si ce baiser, cette caresse provoquaient le courroux[1] de cette personne invisible. Puis, une nuit, Luisa s'accrocha à mon cou, approcha ses lèvres de mon oreille et, d'un ton de voix qui me fit tressaillir, me chuchota : "Il a parlé ! – Que dit-il ? – Je n'ai pas bien entendu… – Tu entends ? – Il a dit : 'Tu es à moi !'" Et comme je la serrai alors plus fortement contre ma poitrine, je sentis que les bras de Luisa étaient violemment tirés vers l'arrière ; et ils durent céder malgré la résistance qu'opposait ma femme.

– Quelle résistance pouvait-elle opposer, si c'était elle-même qui agissait de la sorte, sans en avoir conscience ?

– D'accord… Mais moi aussi, j'ai senti l'obstacle de quelqu'un qui s'interposait entre moi et elle, de quelqu'un qui

1. ***Le courroux*** : la colère.

voulait empêcher à tout prix le contact entre moi et elle… J'ai vu ma femme rejetée en arrière d'une poussée… Car Luisa, à cause de l'enfant qui dormait dans le berceau proche du lit, voulait rester debout maintenant que nous entendions grincer les anneaux de fer auxquels le berceau était suspendu, et que nous voyions le berceau se balancer, chanceler, et les couvertures voler à travers la chambre, jetées en désordre partout… Et cela n'avait rien d'une hallucination. Je les ramassais ; Luisa, tremblante, les remettait en place ; mais très vite elles volaient de nouveau, et l'enfant, réveillé par les secousses, pleurait. Il y a trois nuits, pire encore… Luisa semblait vaincue par son charme maléfique… Elle ne m'entendait plus, si je l'appelais, elle ne s'apercevait pas de moi qui étais devant elle… Elle parlait avec *lui* et, à travers ses réponses, je comprenais ce que *lui* lui disait. “Quelle est ma faute, si tu es mort ?… C'est une infamie[1] ! Et l'enfant de quoi est-il coupable ?… Tu souffres ? Je prierai pour toi, je ferai dire des messes… Tu ne veux pas de messes ? Moi, tu me veux, moi ?… Mais comment peux-tu ? Tu es mort !…” En vain, je la secouais, je l'appelais pour l'éveiller de cette idée fixe, de cette hallucination. Luisa se reprenait tout d'un coup. “Tu as entendu ? me disait-elle. Il m'accuse de l'avoir empoisonné. Tu n'y crois pas… Tu ne me soupçonnerais pas capable… Oh Dieu ! Et que faire pour l'enfant ? Il le fera mourir ! Tu as entendu ?” Je n'avais rien entendu, mais je comprenais parfaitement que Luisa n'était pas folle, ne délirait pas… Elle pleurait, en embrassant étroitement l'enfant qu'elle avait soulevé de son berceau pour le protéger de ses maléfices. “Comment ferons-nous ? Comment ferons-nous ?”

– Cependant, l'enfant allait bien. Cela aurait dû vous tranquilliser.

1. ***Infamie*** : action ou parole basse et méprisable.

– Que veux-tu ? On n'assiste pas à des faits de ce genre sans que l'esprit n'en reçoive un choc. Je ne suis pas superstitieux, mais je ne suis pas non plus un libre penseur[1]. Je suis de ceux qui croient et ne croient pas, qui ne s'occupent pas de questions religieuses car ils n'ont ni le temps, ni l'envie de s'en occuper… Mais dans mon cas et sous l'influence des paroles de ma femme : "Je ferai dire des messes", je pensai naturellement à l'intervention d'un prêtre.

– Tu l'as fait exorciser[2] ?

– Non, mais j'ai fait bénir la maison, à grande profusion d'eau bénite… autant pour impressionner l'imagination de la pauvre Luisa, au cas où il se fût agi d'imagination exaltée[3], de nerfs secoués… Luisa est croyante. Tu ris, mais j'aurais voulu te voir à ma place.

– Et l'eau bénite ?

– Inefficace. Comme si on ne s'en était jamais servi.

– Tu n'avais pas mal pensé. La science recourt parfois à des moyens de ce genre dans les maladies nerveuses. Nous avons le cas de cet homme qui croyait que son nez s'était allongé démesurément. Le médecin feignit de l'opérer, avec tout l'appareil d'instruments, de liens, de veines, de bandes… et le malade guérit.

– L'eau bénite, au contraire, fit pire. La nuit suivante… Oh !… Je me sens frissonner à cette seule pensée. Maintenant, toute *sa* haine était tournée contre l'enfant… Comment le protéger ?… À peine Luisa voyait-elle…

– Ou croyait-elle voir…

– Elle voyait, mon cher, elle voyait… Je voyais moi aussi… presque. Car ma femme ne pouvait plus s'approcher du

---

1. ***Libre penseur*** : personne qui, en matière religieuse, ne se fie qu'à la raison.

2. ***Tu l'as fait exorciser*** : tu l'as soumise à l'exorcisme, pratique religieuse ou magique censée chasser les démons du corps des possédés.

3. ***Exaltée*** : délirante.

berceau, une force étrange l'en empêchait… Je tremblais de la voir tendre avec désolation les bras vers le berceau, pendant que *lui* – Luisa me le disait –, incliné sur l'enfant en sommeil, faisait quelque chose de terrible, bouche contre bouche, comme s'il lui suçait la vie, le sang… Trois nuits de suite, l'affreuse opération se répéta et l'enfant, le cher petit… ne fut plus reconnaissable. Blanc, de rosé qu'il était ! Comme si réellement *lui* lui eût aspiré le sang ; dépéri d'une façon incroyable en seulement trois nuits ! Est-ce de l'imagination cela ? Viens le voir.

– S'agit-il de… ? »

Mongeri demeura quelques minutes pensif, tête basse, fronçant les sourcils. Le sourire mi-sarcastique, mi-compatissant[1] qui était apparu sur ses lèvres pendant que Lelio Giorgi parlait, s'était éteint tout d'un trait. Enfin, il leva les yeux, fixa son ami dont le regard exprimait toute l'angoissante attente, et répéta :

« S'agit-il de… ? Écoute-moi bien. Je ne t'explique rien, parce que je sais ne rien pouvoir t'expliquer. Il est difficile d'être plus franc que moi. Mais je peux te donner un conseil… empirique[2] et qui, à ton tour, te fera peut-être sourire, surtout venant de moi… Fais-en l'usage qu'il te semble.

– Je le suivrai tout de suite, aujourd'hui même.

– Il nous faudra quelques jours à cause des diverses démarches que cela demande. Je t'aiderai à en finir le plus rapidement possible. Je ne mets pas en doute les faits dont tu m'as parlé. J'ajoute que, malgré la répugnance de la science à s'occuper des phénomènes de cette nature, elle ne les considère plus avec le mépris d'un temps : elle tente plutôt de les faire rentrer dans le cercle des phénomènes naturels. Pour la science, il n'existe rien en dehors de ce monde matériel. L'esprit… Elle

1. ***Mi-sarcastique, mi-compatissant*** : à la fois moqueur et compréhensif.
2. ***Empirique*** : fondé non pas sur la science mais sur l'expérience.

le laisse aux soins des croyants, des mystiques[1], des rêveurs que l'on nomme aujourd'hui spirites[2]… Pour la science il n'y a de réel que l'organisme, cet ensemble de chair et d'os qui forme l'individu et se désagrège[3] à sa mort, se résolvant dans les éléments chimiques dont il recevait toute manifestation de vie et d'esprit. Ces éléments chimiques désagrégés… Mais justement, la question se réduit, selon certains, à savoir si la putréfaction, la désagrégation des atomes, ou mieux, leur fonction organique, s'arrête au moment précis de la mort, annulant *ipso facto*[4] l'individualité, ou si cette dernière se prolonge, suivant les cas et les circonstances, plus ou moins longtemps après la mort… On commence à le soupçonner… Et sur ce point, la science tomberait d'accord avec la croyance populaire… J'étudie, depuis trois ans, les remèdes empiriques des bonnes femmes, des paysans, pour m'en expliquer la valeur… Ils guérissent, très souvent, des maux que la science est impuissante à guérir… Mon opinion actuelle, veux-tu la connaître ? Que ces remèdes empiriques, traditionnels, sont les restes, les fragments de la secrète science antique, et même, plus probablement, de cet instinct que nous pouvons vérifier aujourd'hui chez les bêtes. Primitivement, quand l'homme était beaucoup plus proche des bêtes qu'il ne l'est maintenant, il devinait la valeur thérapeutique[5] de certaines herbes ; et leur usage s'en est perpétué[6], transmis de génération en génération comme chez les bêtes. Chez celles-ci, l'instinct opère encore ; chez l'homme, après que le développement de ses facultés a enténébré ce don primitif, il ne subsiste plus que la tradition. Les bonnes femmes, qui sont plus farouchement attachées

1. ***Mystiques*** : personnes ayant une foi religieuse intense et intuitive.
2. ***Spirites*** : personnes qui évoquent les esprits. Le spiritisme était très en vogue au XIXe siècle.
3. ***Désagrège*** : décompose.
4. ***Ipso facto*** : locution latine signifiant « par voie de conséquence ».
5. ***Thérapeutique*** : médicale.
6. ***Perpétué*** : maintenu.

à ce don, ont conservé quelques-unes des suggestions de la médecine naturelle ; et je crois que la science doit s'occuper de ce phénomène, car la superstition cache toujours quelque chose qui n'est pas seulement une fallacieuse[1] observation de l'ignorance… Pardonne-moi cette longue digression[2]. Ce que certains scientifiques admettent maintenant, à savoir qu'avec l'acte apparent de la mort d'un individu, ne cesse pas réellement le fonctionnement de son existence individuelle, tant que les éléments ne se sont pas complètement désagrégés, la superstition populaire – c'est le mot dont nous usons – l'a deviné depuis longtemps avec la croyance aux vampires, et a deviné le remède. Les vampires seraient des individualités plus persistantes que les autres, cas rares, oui, mais possibles, même sans admettre l'immortalité de l'âme de l'esprit… N'écarquille pas les yeux, ne secoue pas la tête… C'est là un phénomène, pas si insolite que ça, autour duquel ce que l'on nomme la superstition populaire – disons mieux, la divination primitive – pourrait se trouver d'accord avec la science… Et sais-tu quel est le remède contre le maléfisme[3] des vampires, de ces individualités persistantes qui croient pouvoir prolonger leur existence en suçant le sang ou l'essence même de la vie des personnes saines ?… Hâter la destruction de leur corps. Dans les campagnes où des faits de ce genre se produisent, les bonnes femmes, les paysans courent au cimetière, déterrent le cadavre, le brûlent… Il est prouvé que le vampire meurt alors vraiment ; et, en fait, le phénomène cesse… Tu dis que ton enfant…

– Viens le voir ; il n'est pas reconnaissable. Luisa est folle de douleur et de terreur… Moi-même, je sens ma raison s'égarer, la diabolique vision me hante… Mais… En vain, je

1. ***Fallacieuse*** : mensongère, trompeuse.
2. ***Digression*** : développement qui s'écarte du sujet, parenthèse.
3. ***Maléfisme*** : sans doute un italianisme pour « maléfice », que l'on trouve *infra* l. 444.

me répète : “Ce n’est pas vrai ! Ça ne peut pas être vrai !...” J’ai vainement tenté de trouver un réconfort en pensant : “Et même si cela était ?... Quelle grande preuve d’amour. Elle s’est faite empoisonneuse pour toi !...” En vain ! Je ne sais ni ne peux plus me défendre d’une vive répugnance, d’une affreuse impression d’éloignement, autre maléfice de *lui* !... Il insiste dans ses reproches : je le comprends aux réponses de Luisa quand *lui* la tient sous son abominable empire[1], et que la pauvre petite proteste : “T’empoisonner ?... Moi ?... Comment peux-tu le croire ?...” Oh ! Nous ne vivons plus, mon ami. Voici des mois et des mois que nous supportons ce tourment, sans nous en ouvrir à personne par peur de faire rire de nous ceux qui se disent sans préjugés...[2]. Tu es le premier à qui j’ai eu le courage de me confier, par désespoir, pour avoir un conseil, un secours... Et nous nous serions résignés à tout supporter, dans l’espoir que d’aussi étranges phénomènes ne peuvent se prolonger indéfiniment, si le danger ne s’était pas abattu sur notre innocent petit.

– Faites incinérer le cadavre. L’expérience m’intéresse, comme ami et comme homme de science. N’étant plus veuve, ta femme obtiendra facilement l’autorisation. Et je ne rougis pas pour la science dont je suis un modeste représentant. La science n’entame pas sa dignité en ayant recours à l’empirisme[3], en s’attachant à une superstition, si elle peut dans la suite vérifier que cette superstition n’est telle qu’en apparence ; au contraire, elle peut en recevoir une impulsion nouvelle vers de nouvelles recherches, vers la découverte de vérités jamais encore soupçonnées. La science doit être modeste, généreuse, pour augmenter encore son patrimoine de faits, de vérités. Faites incinérer le cadavre. Je te parle sérieusement, ajouta

1. ***Empire*** : pouvoir.
2. ***Préjugés*** : opinions toutes faites, sans réflexion préalable.
3. ***Empirisme*** : méthode de pensée qui s’appuie sur l’expérience.

Mongeri qui lisait dans les yeux de son ami la crainte de ce dernier d'être traité de bonne femme, de crédule.

– Et l'enfant pendant ce temps ? s'exclama Lelio Giorgi en se tordant les mains. Une nuit, j'eus un mouvement de fureur ; je m'élançai contre *lui* en suivant la direction du regard de Luisa, comme si j'avais pu le saisir, l'étrangler ; je m'élançai en hurlant : "Va-t'en, va-t'en, va-t'en, maudit !..." Mais après quelques pas, j'étais arrêté, paralysé, cloué là, à quelques pas, avec ces mots qui se mouraient dans ma gorge et ne parvenaient même pas à se traduire en quelque indistincte plainte... Tu ne peux pas croire, tu ne peux pas imaginer...

– Si tu voulais me permettre de vous tenir compagnie cette nuit...

– C'est bien ça : tu me fais cette demande avec un tel accent de défiance...[1].

– Tu te trompes.

– Peut-être sera-ce pire : je crains que ta présence ne serve qu'à l'irriter davantage, comme la bénédiction de la maison. Cette nuit, non. Je viendrai te faire mon rapport demain... »

Et le lendemain, il revint si épouvanté, si défait que Mongeri conçut quelques doutes sur l'intégrité des facultés mentales[2] de son ami.

« Il sait ! balbutia Lelio Giorgi à peine entré dans le studio. Ah, quelle nuit d'enfer ! Luisa l'a entendu blasphémer, hurler, invoquer sur nous les plus terribles châtiments si nous osons.

– Aussi devons-nous oser d'autant plus, répondit Mongeri.

– Si tu avais vu le berceau secoué, agité, de telle façon que je ne comprends pas encore comment l'enfant n'est pas tombé ! Luisa a dû se jeter à genoux, implorer sa pitié en lui criant : "Oui, je serai à toi, toute à toi !... Mais épargne cet innocent

1. ***Défiance*** : méfiance, crainte d'être trompé.
2. ***L'intégrité des facultés mentales*** : la santé mentale.

enfant…" Et au même instant, il m'a paru, à moi, que tout lien était rompu avec elle, qu'elle n'était plus vraiment mienne, mais sienne, à *lui* !

– Calme-toi !… Nous en triompherons. Calme-toi !… Je veux être avec vous cette nuit. »

Mongeri s'était convaincu que sa présence empêcherait toute manifestation du phénomène. Il pensait :

« Il en est toujours ainsi. Ces formes inconnues sont neutralisées par des forces indifférentes, étrangères. Il en est toujours ainsi. Comment ? Pourquoi ? Un jour, nous le saurons sûrement. En attendant, il faut observer, étudier. »

En fait, dans les premières heures de la nuit, il en fut comme il l'avait pensé. Luisa jetait des regards épouvantés autour d'elle, tendait anxieusement l'oreille… Rien. Le berceau demeurait immobile : l'enfant, livide, amaigri, dormait tranquillement. Lelio Giorgi, qui contenait avec peine son agitation, regardait tantôt sa femme, tantôt Mongeri qui souriait, satisfait.

Cependant, ils parlaient et, malgré leur préoccupation, la conversation parvenait parfois à les distraire. Mongeri commença à narrer une de ses aventures de voyage, particulièrement amusante.

Beau parleur, sans aucune affectation[1] de gravité scientifique, son intention était de faire dévier ainsi l'attention du couple, sans pour autant les perdre de vue, et de noter toutes les phases du phénomène au cas où il se répéterait ; il commençait à se convaincre de l'effet salutaire de son intervention quand il nota un léger mouvement du berceau, mouvement qui ne pouvait avoir été causé par aucun d'entre eux puisque Luisa et Lelio étaient installés loin de l'endroit où se trouvait le berceau. Il ne put s'empêcher de s'arrêter, de se faire deviner par Luisa et Lelio qui sautèrent sur leurs pieds.

1. ***Affectation*** : étalage, exagération.

Le mouvement avait augmenté graduellement, et comme Luisa se retournait pour regarder là où les yeux de Mongeri s'étaient involontairement fixés, le berceau remua et se souleva.

«Le voilà! cria-t-elle. Oh, mon Dieu! Pauvre, pauvre enfant!»

Elle s'élança pour le secourir mais n'y réussit pas. Puis elle retomba, toute pâmée[1], sur le fauteuil où elle s'était assise jusque-là. Très pâle, toute secouée d'un profond frisson, les yeux exorbités et les pupilles immobiles, elle balbutiait quelque chose qui s'embarrassait dans sa gorge et qui ne se traduisait par aucune parole, mais semblait devoir la suffoquer.

«Ce n'est rien!» dit Mongeri lui aussi debout, en serrant la main de Lelio qui s'était rapproché de lui en un sursaut de terreur, presque de défense.

La jeune femme, dont la rigidité avait été extrême pendant un instant, eut un frémissement plus violent, et parut soudain revenir à son état ordinaire; si ce n'est qu'elle mettait toute son attention à regarder quelque chose que les autres ne voyaient pas, mais dont ils devinaient le sens à travers les réponses qu'elle donnait.

«Pourquoi dis-tu que je veux continuer à te faire du mal?... J'ai prié pour toi!... J'ai fait dire des messes!... Mais comment annuler! Tu es mort... Tu n'es pas mort?... Alors, pourquoi m'accuses-tu de t'avoir empoisonné?... D'accord avec lui? Oh!... Il t'avait promis, oui, et il a tenu sa parole... En apparence? Nous étions d'accord de loin? C'est lui qui m'a envoyé le poison?... C'est absurde! Tu ne devrais pas croire cela s'il est vrai que les morts connaissent la vérité... Bien, si tu veux. Je ne te tiendrai point pour mort... Je ne te le dirai plus.

1. ***Pâmée*** : défaillante, évanouie.

– Elle est en état de transe[1] spontanée ! dit Mongeri à l'oreille de Lelio. Laisse-moi faire. »

La saisissant par les poignets, il attendit quelques instants puis appela à voix haute :

« Madame ! »

En entendant la voix sombre et irritée, masculine, avec laquelle elle répondit, Mongeri fit un saut en arrière. Luisa s'était redressée avec un tel visage, avec une telle expression de dureté sur les traits, qu'elle semblait une autre personne. La singulière beauté de sa physionomie[2], un je-ne-sais-quoi de gentil, de bon, presque de virginal que lui conférait la douceur de ses beaux yeux bleus et du léger sourire de ses lèvres, émanant d'elle comme un souffle, cette beauté particulière avait complètement disparu.

« Que veux-tu ? Pourquoi te mêles-tu de cela, toi ? »

Mongeri reprit presque immédiatement le contrôle de lui-même. Son habituelle défiance de scientifique lui faisait soupçonner d'avoir dû sentir, lui aussi, par induction[3], par une sorte de concession[4] des centres nerveux, l'influx du fort état d'hallucination où se trouvait le couple ; car il avait cru voir, lui-même, se balancer et remuer le berceau qu'il voyait, maintenant, parfaitement immobile avec l'enfant tranquillement endormi, maintenant aussi que son attention était attirée par l'extraordinaire phénomène de personnification du fantôme. Encore tout baigné du sentiment de défiance contre lui-même que lui avait causé son recul devant la voix qui l'avait ainsi surpris, il s'approcha et répondit impérieusement :

« Cesse ! Je te l'ordonne ! »

---

1. ***État de transe*** : état hypnotique, dans lequel le sujet semble dépossédé de lui-même.
2. ***Physionomie*** : traits du visage.
3. ***Induction*** : ici, suggestion, influence d'un esprit sur un autre.
4. ***Concession*** : relâchement, abandon.

Il avait mis tant de force de volonté dans son expression que son ordre aurait dû, selon lui, s'imposer à l'exaltation[1] nerveuse de la jeune femme, la dominer. Le long ricanement sardonique[2] qui répondit immédiatement à ce «je te l'ordonne» le secoua et le fit tituber un instant.

«Cesse! Je te l'ordonne! répliqua-t-il avec une force plus grande.

– Ah! Ah! Tu veux être le troisième… celui qui l'emporte… Vous l'empoisonnerez lui aussi?

– Tu mens! Avec infamie!»

Mongeri n'avait pu s'empêcher de répondre comme à une personne vivante. Et l'assurance de son esprit déjà un peu troublée, malgré les efforts qu'il faisait pour demeurer un observateur attentif et impartial[3], fut soudain ébranlée quand il sentit une main invisible tapoter deux fois son épaule; au même instant, il vit apparaître devant la lumière une main grisâtre, à demi transparente, comme faite de fumée, et qui refermait et étendait rapidement les doigts qui semblaient diminuer de volume, comme si la chaleur de la flamme les faisait s'évaporer.

«Tu vois? Tu vois?» lui dit Giorgi. Et il y avait des pleurs dans sa voix.

Soudain, à l'improviste, tout phénomène cessa. Luisa sortit de son état de transe comme si elle s'éveillait d'un sommeil naturel, et elle portait les yeux à travers toute la chambre, en interrogeant son mari et Mongeri d'un bref mouvement de la tête. Eux aussi, à leur tour, s'interrogeaient, abasourdis[4] par cette sérénité, par cette sorte de libération qui rendait facile leur respiration, et réguliers les battements de leur cœur. Personne n'osait parler. Mais un faible gémissement

1. ***Exaltation*** : agitation, animation.
2. ***Sardonique*** : moqueur et méchant.
3. ***Impartial*** : juste, neutre.
4. ***Abasourdis*** : stupéfaits.

de l'enfant les fit accourir, anxieux, vers le berceau. L'enfant gémissait, gémissait, en se débattant sous l'oppression de quelque chose qui semblait peser sur sa bouche et l'empêcher de crier… Soudain, ce phénomène prit fin lui aussi, et rien d'autre ne se produisit plus.

Au matin, en s'en allant, Mongeri ne pensait pas seulement que les hommes de science ont tort de ne pas vouloir étudier de près les cas qui coïncident avec les superstitions populaires, mais il se répétait mentalement ce qu'il avait dit, deux jours plus tôt, à son ami : « Je n'épouserai pas une veuve pour tout l'or du monde. »

Comme homme de science, il fut admirable, menant l'expérience jusqu'au bout sans se préoccuper si (au cas où l'incinération du premier mari de Luisa n'eût rien donné) sa réputation de scientifique souffrirait auprès de ses collègues et du public. Bien que l'expérience ait confirmé la croyance populaire, et que, du jour de l'incinération des restes du cadavre, les phénomènes aient complètement cessé, au grand soulagement de Lelio Giorgi et de la pauvre madame Luisa, Mongeri n'a pas su dans sa relation[1], non encore publiée, se montrer parfaitement sincère. Il n'a pas dit : « Les faits sont ceux-ci, et cela le résultat du remède : la prétendue superstition populaire a eu raison des négligences de la science ; le vampire est *mort complètement* à peine son corps fut-il incinéré. » Non. Il a mis assez de si, assez de mais dans la narration des petits détails, il a déployé assez d'*hallucination*, de *suggestion*, d'*induction nerveuse* dans son raisonnement scientifique pour confirmer ce qu'il avait confessé alors, c'est-à-dire : que l'intelligence est, elle aussi, affaire d'habitude, et qu'il aurait été ennuyé de changer d'opinion.

1. ***Relation*** : récit.

Le plus curieux est qu'il ne s'est pas montré plus cohérent comme homme. Lui qui proclamait : « Je n'épouserai pas une veuve pour tout l'or du monde » en a épousé une, par la suite, pour beaucoup moins, pour soixante mille lires de dot ! Et à Lelio Giorgi qui lui disait ingénument : « Mais comment ?… Toi !… », il répondit : « À cette heure, il n'existe même pas deux atomes du corps du premier mari. Il est mort depuis six ans ! » sans s'apercevoir que, en parlant ainsi, il contredisait l'auteur du mémoire scientifique – *Un prétendu cas de vampirisme* –, c'est-à-dire lui-même.

Traduction de Veren Muheim.

DOSSIER

- Parcours de lecture
- Le vampire amoureux
- Forces et faiblesses du vampire – discours d'un spécialiste

Parcours de lecture

Le Vampire, de John William Polidori – étude du schéma narratif

Questionnaire de lecture

En répondant, au fil de la lecture, aux questions suivantes, vous parviendrez à distinguer clairement l'organisation des étapes du récit. À l'oral ou à l'écrit, efforcez-vous de construire des phrases complètes et de citer des passages du texte pour illustrer vos réponses.

Paragraphe 1 (« Parmi les nombreux divertissements [...] »), l. 99 à 138, p. 33-34

1. Relevez les éléments qui constituent le portrait physique de lord Ruthven.

2. Quels sentiments inspire-t-il à ceux qui le voient ?

Paragraphe 2 (« À peu près dans le même temps [...] »), l. 139 à 170, p. 34-35

3. Qu'apprend-on de la personnalité d'Aubrey (sa situation personnelle, son caractère) ?

Paragraphe 3 (« Aubrey se plut à l'observer [...] »), l. 171 à 198, p. 36

4. Pourquoi Aubrey voit-il lord Ruthven comme « le héros d'un roman » ?

Paragraphes 3, 4 et 5 (« Aubrey se plut à l'observer [...] »), l. 171 à 276, p. 36 à 39

5. Au cours du voyage des deux personnages, comment lord Ruthven se comporte-t-il (au jeu, avec les femmes...) ? Que pense Aubrey de cette attitude ?

Paragraphe 6 (« Aubrey se décida à quitter un homme dont le caractère [...] »), l. 277 à 307, p. 39-40

6. En Italie, comment Aubrey fait-il obstacle aux projets de lord Ruthven ?

Paragraphe 7 (« En quittant Rome [...] »), l. 308 à 372, p. 40 à 42

7. Relevez les éléments qui constituent le portrait de Ianthe. Pourquoi plaît-elle à Aubrey ?

8. Comment Aubrey réagit-il aux récits de Ianthe à propos des vampires ?

Paragraphe 8 (« Aubrey s'attachait de plus en plus à Ianthe [...] »), l. 373 à 407, p. 42-43

9. Ianthe partage-t-elle les sentiments d'Aubrey ?

10. D'après les parents de Ianthe, quel danger Aubrey devra-t-il affronter s'il ne renonce pas à son excursion ?

Paragraphes 9 et 10 (« Le lendemain matin [...] »), l. 408 à 514, p. 44 à 47

11. Que sait-on de l'assassin de Ianthe ? Quels attributs du vampire possède-t-il ?

12. Quels indices permettent d'établir un lien entre lord Ruthven et le vampire qui tue Ianthe ?

Paragraphes 11, 12 et 13 (« Le choc qu'Aubrey avait reçu avait beaucoup affaibli »), l. 515 à 611, p. 47 à 50

13. De quoi lord Ruthven meurt-il ?

14. Avant de mourir, que demande-t-il à Aubrey de jurer ?

15. Aubrey retrouve-t-il le corps de lord Ruthven ? Que peut-on en déduire ?

Paragraphe 16 (« Miss Aubrey n'avait pas ces dehors [...] »), l. 652 à 677, p. 51-52

16. Observez la forme des phrases qui décrivent miss Aubrey. Que remarquez-vous ?

17. Quel doit être le rôle d'Aubrey auprès de sa sœur ?

Paragraphe 17 (« La foule était prodigieuse [...] »), l. 678 à 721, p. 52-54

18. Qu'arrive-t-il lors de la première apparition de miss Aubrey à la cour ?

Paragraphes 17 et 18 (« La foule était prodigieuse [...] »), l. 678 à 762, p. 52 à 55

19. Qu'est-ce que lord Ruthven dit à Aubrey ? Pourquoi Aubrey tient-il sa promesse ?

20. Comment la santé mentale d'Aubrey évolue-t-elle ?

Paragraphe 20 (« Cette année était sur le point de s'achever [...] »), l. 788 à 824, p. 56-57

21. Sous quel nom et par quels moyens lord Ruthven a-t-il séduit la sœur d'Aubrey ?

Paragraphe 22 (« Laissé seul par le médecin [...] »), l. 848 à 882, p. 58-59

22. De quoi Aubrey meurt-il ? et sa sœur ?

Sujets d'écriture

1. Observer le schéma narratif et produire une synthèse organisée

En vous appuyant sur les lieux et les différentes étapes de l'action, proposez un découpage de la nouvelle : décrivez la situation initiale, repérez l'élément perturbateur, indiquez la succession des péripéties jusqu'au dénouement.

2. Acquérir des connaissances et les utiliser

Après avoir lu le passage consacré au récit fantastique dans la présentation de cette édition (p. 15), dites en quoi la nouvelle de Polidori relève de ce genre.

3. Formuler une opinion

Vous avez sans doute à l'esprit une certaine image du vampire (sinon, lisez le texte du professeur Van Helsing, p. 152) : lord Ruthven correspond-il à la représentation que vous vous en faites ? Pourquoi ? En quoi en diffère-t-il ?

La Morte amoureuse, de Théophile Gautier – naissance du sentiment fantastique

Répondez aux questions suivantes pour découvrir la façon dont le narrateur utilise les figures du contraste afin de suggérer une atmosphère fantastique (de « Une nuit l'on sonna violemment à ma porte » à « La lampe s'éteignit et je tombai évanoui sur le sein de la belle morte », l. 469 à 647, p. 82 à 88).

Le voyage

1. Pourquoi la servante Barbara est-elle effrayée par le visiteur ?

2. « [...] deux chevaux noirs comme la nuit » (l. 481) : quel effet produit cette comparaison ?

3. « Les aigrettes d'étincelles » (l. 492) : relevez dans les lignes suivantes d'autres phénomènes lumineux. Seraient-ils visibles en plein jour ?

4. Quels sont les deux sens du mot « spectre » (l. 495) ?

5. Quel sentiment envahit le narrateur lors de la traversée de la forêt ?

Le château

6. « [...] une masse noire piquée de quelques points brillants » (l. 505) : de quoi s'agit-il ?

7. « [...] une voûte qui ouvrait sa gueule sombre » (l. 508) : à quoi ressemble l'entrée du château ?

8. « [...] des lumières montaient et descendaient de palier en palier » (l. 511-512) : quelle impression produisent les deux verbes d'action appliqués au sujet « des lumières » ?

9. Quelle couleur domine la description du page et du majordome ?

La chambre

10. « [...] une flamme bleuâtre » (l. 526) : quelle est la valeur du suffixe « -âtre » ? La flamme est-elle vive ? Dans la même phrase, relevez deux autres adjectifs qui expriment la même idée.

11. À quoi les feuilles de la « rose blanche fanée » (l. 530) sont-elles comparées ?

12. « Pâle lueur »/ « demi-jour » : quelle différence ?

13. Quel effet produit la présence, dans la même phrase, des mots « volupté » (l. 547) et « cadavres » (l. 548) ?

14. À quelle couleur associez-vous l'adjectif « pourpre » (l. 558) ? Qu'ont en commun les mots « cygne » (l. 561), « albâtre » (l. 563) et « neigé » (l. 565) ? Déduisez-en les deux couleurs qui dominent la description du lit de la jeune femme.

La morte

15. Relevez les expressions qui évoquent la jeune femme. Conviennent-elles à la description d'un cadavre ?

16. Dans quel sens est ici employé le mot « alcôve » (l. 566) ?

17. Que signifie « la mort chez elle semblait une coquetterie de plus » (l. 598) ?

18. Pourquoi les mains de la jeune femme sont-elles comparées à des « hosties » (l. 606) ?

19. « [...] souffler sur sa dépouille glacée la flamme qui me dévorait » (l. 624-625) : quels mots forment ici une antithèse ?

20. Quel est le sens du baiser que Romuald donne à la jeune morte ? Quel en est le résultat ?

Le Mari vampire, de Luigi Capuana – le fantastique contesté

En répondant aux questions suivantes, vous observerez la façon dont, à travers ses personnages, Luigi Capuana remet en cause la nature des événements surnaturels.

Un dialogue de sourds (du début à « ces fameux faits », l. 1 à 121, p. 111 à 115)

1. Quelle est l'identité des personnages qui dialoguent ? Comment l'apprend-on ?

2. Sait-on précisément de quoi ils parlent ?

3. Qu'est-ce que Mongeri explique à Lelio Giorgi ? Relevez les expressions qui montrent que Mongeri est un scientifique.

4. Les réponses de Lelio sont-elles développées ? Pourquoi ?

5. De « Franchement, il me semble que tu as peur » à « écoutons donc ces fameux faits », qu'est-ce qui, dans la construction de ce dialogue, laisse penser que Mongeri a peur d'écouter le récit de son ami ?

L'histoire de Lelio Giorgi (de « Oh ! s'exclama Lelio Giorgi » à « S'agit-il de... ? », l. 122 à 360, p. 115 à 123)

6. « Tu sais déjà par quel triste concours de circonstances il me fallut aller chercher fortune en Amérique » : expliquez le passage du présent au passé simple de l'indicatif dans cette phrase.

7. Pourquoi Mongeri appelle-t-il Lelio « cher poète » ?

8. Pourquoi Lelio n'a-t-il pas pu épouser Luisa dans un premier temps ? Qu'est-ce qui a rendu ce mariage possible par la suite ?

9. Quelle explication Mongeri donne-t-il aux événements effrayants que lui relate Lelio ?

10. Qui est le revenant ? Que reproche-t-il à Luisa ?

11. Que fait Lelio pour éloigner ce revenant de sa maison ? Est-ce efficace ? Que signifie « exorciser » ?

12. De quelle sorte de revenant s'agit-il ? À quoi le sait-on ?

La théorie « scientifique » du vampire (de « Mongeri demeura quelques minutes pensif » à « avec vous cette nuit », l. 361 à 503, p. 123 à 128)

13. « S'agit-il de... ? » : en quoi cette réplique montre-t-elle un changement dans l'état d'esprit de Mongeri ?

14. Comment les scientifiques expliquent-ils la croyance dans les vampires ?

15. Pourquoi ce discours est-il surprenant de la part de Mongeri ?

16. Quelle solution propose-t-il pour se débarrasser du vampire ? Cette solution repose-telle sur des principes scientifiques ?

Un cas de possession vampirique ? (de « Mongeri s'était convaincu » à « et rien d'autre ne se produisit plus », l. 504 à 623, p. 128 à 132)

17. Lelio et Mongeri voient-ils le vampire ? Par quel moyen Mongeri parvient-il à dialoguer avec lui ?

18. Quel mot du texte désigne la capacité du vampire à s'emparer de l'esprit et de la personne de Luisa ?

19. Quelle attitude Mongeri adopte-t-il face au vampire ?

20. Le dialogue occupe-t-il autant de place dans ce passage que dans le reste de la nouvelle ? Pourquoi ?

21. Pourquoi le sentiment fantastique est-il plus présent dans ce passage que dans le reste de la nouvelle ? Qu'est-ce qui en gênait le développement jusque-là ?

Mort du vampire ? (de « Au matin, en s'en allant » jusqu'à la fin, l. 624 à 658, p. 132-133)

22. L'incinération du cadavre a-t-elle permis de se débarrasser du vampire ? Que devrait-on en déduire à propos des croyances populaires ?

23. Que nous apprend le narrateur à propos de Mongeri ? Pourquoi dit-il que Mongeri n'a pas été cohérent ?

24. Finalement, Mongeri a-t-il vaincu le vampire ? A-t-il vaincu la superstition ?

Lecture thématique : le vampire amoureux

Le récit fantastique propose souvent une vision déformée du réel. À ce titre, la représentation des relations amoureuses y subit une sorte d'altération, en particulier dans les contes vampiriques.

Pour établir un lien d'intimité avec ses victimes, le vampire (homme ou femme) use de la séduction. En cela, il imite les rapports humains habituels, fondés sur la confiance, généralement gagnée par la parole. Mais son discours, comme celui de sa victime, révèle une situation inédite et troublante : ainsi, Jonathan Harker, héros du roman de Bram Stocker *Dracula*, livre-t-il à son journal, sur le mode de la confession, l'ambiguïté des sentiments qu'il nourrit pour les femmes vampires rencontrées dans le château de Dracula, mélange d'attraction-répulsion et de culpabilité ; lorsque Carmilla, vampire éponyme du[1] récit de Sheridan Le Fanu, adresse à sa victime un discours aussi enjôleur qu'une « rhapsodie[2] », celle-ci, quoiqu'elle n'en comprenne pas le sens, est fascinée et bouleversée ; dans la nouvelle de Polidori, *Le Vampire*, un serment, tel un maléfice, lie Aubrey à lord Ruthven et le réduit à taire la nature monstrueuse de son compagnon.

Bien plus, l'acte vampirique lui-même constitue un détournement du sens de la relation amoureuse. Il nécessite une proximité physique que seuls les amants s'accordent l'un à l'autre. Mais, dans la littérature vampirique, les caresses ne sont que des préludes à un acte proche du cannibalisme dont la victime est souvent consentante... Dans le texte de Théophile Gaultier, *La Morte amoureuse*, Clarimonde semble être revenue à la vie pour aimer Romuald ; dans leur relation, l'amour précède mais aussi permet le crime vampirique.

Tirés de divers récits de vampires, les extraits qui suivent constituent autant de fragments d'un discours amoureux (émanant de l'être maléfique ou de sa victime), sans cesse traversé par l'antithèse, l'oxymore et autres figures du contraste – en un mot par le paradoxe, celui même qui se dégage de notre titre : « le vampire amoureux ».

1. ***Éponyme du*** : qui donne son nom au.
2. ***Rhapsodie*** (ou rapsodie) : ici, discours qui a le charme de la musique.

Dracula (1897), de Bram Stoker

Dans le roman de Bram Stoker, Jonathan Harker, un jeune notaire anglais, doit se rendre en Transylvanie pour négocier l'acquisition par le comte Dracula d'une résidence à Londres. Arrivé au château de Dracula, il consigne dans un journal les événements étranges dont il est le témoin. Rapidement, il s'aperçoit que le comte le retient prisonnier. Un soir, il s'endort dans une pièce dont le comte lui a pourtant interdit l'accès...

Je n'étais pas seul. La pièce n'avait pas changé depuis que j'y étais entré. Je distinguais même, sur le sol, dans la brillante clarté de la lune, la trace de mes pas, là où j'avais dérangé la poussière accumulée depuis des générations. Dans la lumière de la lune se tenaient trois jeunes femmes, de toute évidence de grandes dames, à en juger par leur parure et leurs manières. Lorsque je les vis pour la première fois, j'étais sûr de rêver car, en dépit de la lueur de la lune, derrière elles, elles ne projetaient pas d'ombre sur le sol. Elles s'approchèrent de moi et m'observèrent quelques instants. Puis elles se parlèrent à voix basse. Les deux premières avaient des cheveux sombres et des nez aquilins[1], comme celui du comte, de grands yeux étincelants qui, contraste avec la pâle clarté lunaire, paraissaient presque rouges. La troisième était belle, aussi belle qu'on peut le rêver, avec ses lourdes boucles dorées et ses yeux de saphirs[2] pâles. Ce visage, je crus le reconnaître pour l'avoir déjà vu dans un de mes rêves, mais je ne pus m'en souvenir davantage. Toutes trois montraient des dents extrêmement blanches qui brillaient comme des perles sur le rubis de leurs lèvres voluptueuses. Pourtant, quelque chose, en elles,

---

1. ***Aquilins*** : fins et recourbés en bec d'aigle.
2. ***De saphirs*** : bleus et lumineux.

me mettait mal à l'aise◂[1] – je les admirais et, en même temps, elles m'épouvantaient. Au fond de moi-même, brûlait le désir qu'elles m'embrassent, de ces lèvres si rouges. Peut-être ne devrais-je pas noter ce type d'impression – un jour, ces pages pourraient tomber sous les yeux de Mina[2] qui en ressentirait sans doute de la peine◂. Pourtant, telle était la vérité. Elles continuèrent leurs chuchotements pendant quelques instants, puis se mirent à rire – un rire argentin[3], musical mais, en même temps, un peu dur, un rire qui n'aurait jamais dû franchir des lèvres humaines, surtout des lèvres si tentatrices. On aurait dit le tintement, à la fois adorable et intolérable, de verres maniés par des mains adroites. La plus belle des trois hocha la tête, non sans coquetterie, tandis que les deux autres la pressaient d'avancer. La première dit alors :

«Vas-y ! Tu seras la première ; nous te suivrons, mais tu as le droit de commencer.»

La deuxième ajouta :

«Il est jeune et fort. Il y aura des baisers pour toutes les trois !»

Je restais immobile, sans rien perdre de dessous mes cils, presque tremblant d'une voluptueuse impatience. La jolie femme s'avança et se pencha sur moi, au point que je pus sentir son haleine m'envelopper. Le moment était doux, en un sens, une douceur de miel, et pourtant, j'en subissais une impression semblable à celle que j'avais subie en l'entendant rire – une harmonie tendre mais en même temps amère, insultante pour les sens, un peu comme si du sang s'était mêlé au miel.

J'avais peur d'ouvrir les yeux et continuais à l'observer à travers mes cils. Elle se mit à genoux et se pencha sur moi,

---

1. Le symbole ◂ indique que le passage qui précède fait l'objet d'une question formulée à la suite de l'extrait.

2. ***Mina*** : fiancée de Jonathan Harker.

3. ***Argentin*** : très clair, cristallin.

m'entoura d'un regard d'envie. De tout son corps émanait une volupté qui me semblait en même temps excitante et répugnante◂. Quand elle se pencha davantage, je pus voir qu'elle se léchait les lèvres, comme un animal, à tel point qu'à la lueur de la lune je discernai nettement la salive qui lui brillait sur les lèvres et les dents. Lente, elle pencha davantage la tête, ses lèvres effleurèrent les miennes puis glissèrent le long de mon menton et parurent se diriger vers ma gorge. Elle observa un temps d'arrêt, et j'entendis l'horrible son de sa langue qui se léchait dents et lèvres. Son haleine me brûlait la gorge dont la peau commença à frémir comme quand on voit s'approcher une main caressante. Je sentis le doux contact de ses lèvres sur ma peau et le contact de deux dents aiguës qui semblaient attendre encore une seconde avant de mordre doucement. Je fermai les yeux, pris par un sentiment d'extase[1], et attendis, attendis, le cœur battant.

Dracula, trad. Jacques Finné, © Librairie des Champs-Élysées, 1979, rééd. Flammarion, coll. « Étonnants Classiques », 2004, p. 45-47.

1. Quels éléments du portrait des jeunes femmes justifient l'inquiétude du narrateur ?

2. Pourquoi craint-il de faire de la peine à sa fiancée ?

3. « [...] en même temps excitante et répugnante » : relevez d'autres constructions qui expriment une antithèse.

4. Quels sentiments dominants le narrateur éprouve-t-il pendant cette scène ?

5. Essaie-t-il de se défendre ? Pourquoi ?

1. ***Extase*** : plaisir intense.

Carmilla (1871), de Sheridan Le Fanu

Le roman de Sheridan Le Fanu a pour cadre la Styrie, une région montagneuse de l'Autriche où vivent Laura et son père, dans un château datant du Moyen Âge. Le père de Laura offre l'hospitalité à une jeune femme, victime d'un accident dont ils sont les témoins. Celle-ci, prénommée Carmilla, noue une relation passionnée avec Laura qui ne comprend pas immédiatement la nature vampirique de sa nouvelle « amie ».

Elle avait coutume de me passer ses beaux bras autour du cou, de m'attirer vers elle, et, posant sa joue contre la mienne, de murmurer à mon oreille :

« Ma chérie, ton petit cœur est blessé. Ne me juge pas cruelle parce que j'obéis à l'irrésistible loi qui fait ma force et ma faiblesse. Si ton cœur adorable est blessé, mon cœur farouche[1] saigne en même temps que lui. Dans le ravissement de mon humiliation sans bornes, je vis de ta vie ardente, et tu mourras, oui, tu mourras avec délices, pour te fondre en la mienne. Je n'y puis rien : de même que je vais vers toi, de même, à ton tour, tu iras vers d'autres, et tu apprendras l'extase de cette cruauté qui est pourtant de l'amour. Donc, pour quelque temps encore, ne cherche pas à en savoir davantage sur moi et les miens, mais accorde-moi ta confiance de toute ton âme aimante. »

Après avoir prononcé cette rapsodie, elle resserrait son étreinte frémissante, et ses lèvres me brûlaient doucement les joues par de tendres baisers◂.

Son langage et son émoi me semblaient pareillement incompréhensibles◂.

J'éprouvais le désir de m'arracher à ces sottes étreintes (qui, je dois l'avouer, étaient assez rares), mais toute mon énergie semblait m'abandonner. Ses paroles, murmurées à voix très basse, étaient une berceuse à mon oreille, et leur douce

1. ***Farouche*** : qui n'est pas apprivoisé.

influence transformait ma résistance en une sorte d'extase d'où je ne parvenais à sortir que lorsque mon amie retirait ses bras.

Elle me déplaisait grandement dans ces humeurs mystérieuses. J'éprouvais une étrange exaltation, très agréable, certes, mais à laquelle se mêlait une vague sensation de crainte et de dégoût◂. Je ne pouvais penser clairement à Carmilla au cours de ces scènes; néanmoins, j'avais conscience d'une tendresse qui tournait à l'adoration, en même temps que d'une certaine horreur. Je sais qu'il y a là un véritable paradoxe◂, mais je suis incapable d'expliquer autrement ce que je ressentais [...].

Parfois, après une heure d'apathie[1], mon étrange et belle compagne me prenait la main et la serrait longtemps avec tendresse; une légère rougeur aux joues, elle fixait sur mon visage un regard plein d'un feu languide[2], en respirant si vite que son corsage se soulevait et retombait au rythme de son souffle tumultueux. On eût cru voir se manifester l'ardeur d'un amant. J'en étais fort gênée car cela me semblait haïssable et pourtant irrésistible. Me dévorant des yeux, elle m'attirait vers elle, et ses lèvres brûlantes couvraient mes joues de baisers tandis qu'elle murmurait d'une voix entrecoupée : «Tu es mienne, tu seras mienne, et toi et moi nous ne ferons qu'une à jamais!» Après quoi, elle se rejetait en arrière sur sa chaise longue, couvrait ses yeux de ses petites mains, et me laissait toute tremblante.

«Sommes-nous donc apparentées? lui demandais-je. Que signifient tous ces transports[3]? Peut-être retrouves-tu en moi l'image d'un être que tu chéris; mais tu ne dois pas te comporter de la sorte. Je déteste cela. Je ne te reconnais pas, je ne me

1. ***Apathie*** : indolence, inertie.
2. ***Languide*** : tristement rêveur.
3. ***Transports*** : manifestations excessives d'émotions.

reconnais pas moi-même, quand tu prends ce visage, quand tu prononces ces paroles.»

Ma véhémence[1] lui arrachait alors un grand soupir; elle détournait la tête et lâchait ma main.

J'essayais vainement d'échafauder une théorie satisfaisante au sujet de ces manifestations extraordinaires. Je ne pouvais les attribuer ni à la simulation ni à la supercherie[2], car, à n'en pas douter, elles n'étaient que l'explosion temporaire d'une émotion instinctive réprimée[3]. Carmilla souffrait-elle de brefs accès de démence, quoique sa mère eût affirmé le contraire? ou bien s'agissait-il d'un déguisement et d'une affaire de cœur? J'avais lu des choses semblables dans des livres d'autrefois. Un jeune amant s'était-il introduit dans la maison pour essayer de me faire sa cour en vêtements de femme, avec l'aide d'une habile aventurière d'âge mûr?

Carmilla, © trad. Jacques Papy, Flammarion coll. «Étonnants Classiques», 2007, p. 60-63.

1. Les gestes de Carmilla sont-ils les gestes habituels de l'amitié?

2. «[...] son étreinte frémissante»: relevez les expressions qui manifestent le trouble physique des deux personnages.

3. Comment la narratrice réagit-elle aux propos amoureux que Carmilla lui adresse? Relevez les mots et expressions qui témoignent de l'incompréhension de Laura.

4. À partir du contexte, essayez de donner une définition du mot «paradoxe».

5. En quoi l'état d'esprit de Laura est-il comparable à celui de Jonathan Harker dans l'extrait précédent?

6. Pourquoi Laura imagine-t-elle que Carmilla est un jeune homme déguisé en femme?

---

1. ***Véhémence*** : violence.
2. ***Supercherie*** : tromperie.
3. ***Réprimée*** : contenue.

La Morte amoureuse de Théophile Gautier

L'extrait ci-dessous correspond aux pages 98 à 100 de ce volume.

Avoir Clarimonde, c'était avoir vingt maîtresses, c'était avoir toutes les femmes, tant elle était mobile, changeante et dissemblable d'elle-même◂; un vrai caméléon ! Elle vous faisait commettre avec elle l'infidélité que vous eussiez commise avec d'autres, en prenant complètement le caractère, l'allure et le genre de beauté de la femme qui paraissait vous plaire. Elle me rendait mon amour au centuple, et c'est en vain que les jeunes patriciens et même les vieux du conseil des Dix lui firent les plus magnifiques propositions. Un Foscari alla même jusqu'à lui proposer de l'épouser ; elle refusa tout. Elle avait assez d'or ; elle ne voulait plus que de l'amour, un amour jeune, pur, éveillé par elle, et qui devait être le premier et le dernier. [...]

Depuis quelque temps la santé de Clarimonde n'était pas aussi bonne ; son teint s'amortissait de jour en jour. Les médecins qu'on fit venir n'entendaient rien à sa maladie, et ils ne savaient qu'y faire. Ils prescrivirent quelques remèdes insignifiants et ne revinrent plus. Cependant elle pâlissait à vue d'œil et devenait de plus en plus froide. Elle était presque aussi blanche et aussi morte que la fameuse nuit dans le château inconnu. Je me désolais de la voir ainsi lentement dépérir. Elle, touchée de ma douleur, me souriait doucement et tristement avec le sourire fatal des gens qui savent qu'ils vont mourir.

Un matin, j'étais assis auprès de son lit, et je déjeunais sur une petite table pour ne la pas quitter d'une minute. En coupant un fruit, je me fis par hasard au doigt une entaille assez profonde. Le sang partit aussitôt en filets pourpres, et quelques gouttes rejaillirent sur Clarimonde. Ses yeux s'éclairèrent, sa physionomie prit une expression de joie féroce et sauvage que je ne lui avais jamais vue. Elle sauta à bas du lit avec une agilité animale, une agilité de singe ou de chat, et se précipita sur ma blessure qu'elle se mit à sucer avec un air d'indicible volupté. Elle avalait le sang par petites gorgées, lentement et précieusement, comme un gourmet qui savoure un vin de Xérès ou de Syracuse ; elle clignait les yeux à demi, et la pupille de ses prunelles vertes était devenue oblongue au lieu de ronde. De temps à autre elle s'interrompait pour me baiser la main, puis elle recommençait à presser de ses lèvres les lèvres de la plaie pour en faire sortir encore quelques gouttes rouges. Quand elle vit que le sang ne venait plus, elle se releva l'œil humide et brillant, plus rose qu'une aurore de mai, la figure pleine, la main tiède et moite, enfin plus belle que jamais et dans un état parfait de santé◂.

« Je ne mourrai pas ! je ne mourrai pas ! dit-elle à moitié folle de joie et en se pendant à mon cou ; je pourrai t'aimer encore longtemps. Ma vie est dans la tienne, et tout ce qui est moi vient de toi◂. Quelques gouttes de ton riche et noble sang, plus précieux et plus efficace que tous les élixirs du monde, m'ont rendu l'existence. »

1. Quelle faculté du vampire est évoquée à travers la personnalité changeante de Clarimonde ? Trouvez une comparaison qui renforce cette observation.

2. L'acte vampirique est-il brutal ? Évoque-t-il la mort ?

3. En quoi ce passage justifie-t-il le titre de la nouvelle : *La Morte amoureuse* ?

Lecture complémentaire : forces et faiblesses du vampire – discours d'un spécialiste

Dracula, de Bram Stoker

Dans cet extrait, le professeur Van Helsing[1], qui s'adresse à ses compagnons avec lesquels il a entrepris d'anéantir Dracula, établit un véritable catalogue des attributs du vampire. On y retrouve certaines capacités qui appartiennent à la tradition, mais Bram Stoker en ajoute d'autres : ce passage est un véritable exposé qui se prête à l'analyse du discours explicatif à valeur argumentative.

« Le *nosferatu*[2] ne meurt pas, comme l'abeille, dès qu'il a frappé. Bien au contraire, son forfait accompli, il est plus fort encore, dispose d'une puissance accrue pour perpétrer le mal. Le vampire que nous devons affronter possède la force de vingt hommes. Il est plus rusé que chacun d'entre nous, puisque la ruse s'accroît avec l'âge. Il tire aussi de nombreuses ressources de la nécromancie, soit, comme l'indique l'étymologie◂, la divination par le biais des morts. D'ailleurs◂, tous les morts dont il peut approcher s'inclinent devant lui et se mettent à son service. Il est brutal, plus que brutal, même. Il est vicieux, au sens le plus terrible du mot, et d'autant plus qu'il n'a pas de cœur. Dans certaines limites, il peut apparaître selon sa propre volonté, où il le veut et sous la forme qu'il désire. Il peut aussi se rendre maître de certains éléments – la tempête, le brouillard, le tonnerre. Il peut commander à des

1. Voir présentation, p. 21.
2. ***Nosferatu*** : vampire.

créatures inférieures – le rat, le hibou, la chauve-souris, la phalène[1], le renard, le loup. Il peut grandir et se rapetisser jusqu'à pouvoir disparaître comme s'il n'existait plus. Comment alors pourrons-nous le détruire, à jamais ?◂ […]

« Examinons◂ à présent combien les puissances de notre ennemi sont restreintes. *In fine*[2], soulignons les points faibles des vampires – et de notre homme en particulier. Nos seules sources sont les traditions et les superstitions. […]

« Nous possédons en tout cas de quoi connaître notre ennemi et laissez-moi vous préciser que la plupart des croyances le concernant se sont vérifiées par ce que nous avons tous vu au cours de notre terrible expérience. Le vampire vit sans craindre le temps qui, coulant, ne peut pourtant suffire pour lui apporter la mort. Il continue son existence aussi longtemps qu'il peut se gorger du sang des vivants. Mieux (nous l'avons vu de nos propres yeux) : tant qu'il peut absorber du sang humain, il rajeunit, reprend des forces, les décuple, comme un homme qui aurait découvert la fontaine d'éternelle jeunesse. Mais du sang, il lui en faut. C'est pour lui nécessité vitale. Il ne consomme rien d'autre. Notre ami Jonathan, qui a vécu des semaines à ses côtés, ne l'a jamais vu absorber la moindre nourriture. Autres détails : il ne projette pas d'ombre et, comme Jonathan l'a observé◂, ne se reflète pas dans le miroir[3]. Ses mains possèdent la puissance de vingt hommes – une fois encore, notre ami en a eu la preuve quand le comte a refermé la porte sur les loups ou, plus simplement, quand il l'a aidé à descendre de voiture. Il peut se transformer en

1. ***Phalène*** : grand papillon nocturne.
2. ***In fine*** : en dernier lieu.
3. Il s'agit d'un détail que Jonathan a observé peu après son arrivée au château de Dracula et qu'il a noté dans son journal. De même, il a pu observer la force du comte, qu'il a pris pour un cocher lors du trajet qui le menait à la propriété de ce dernier : le vampire avait fait fuir les loups devant ses yeux.

loup [...]. Il peut prendre la forme d'une chauve-souris [...]. Il peut créer le brouillard – le capitaine du bateau[1] l'a appris à ses dépens. Pourtant, d'après ce que nous savons, il ne peut créer le brouillard que sur une petite étendue – une étendue suffisante pour qu'il puisse se dissimuler. Dans les rayons de lune, il arrive sous forme de grains de poussière – une fois encore, c'est l'ami Jonathan qui nous en fournit la preuve, puisque telle fut la forme sous laquelle lui apparurent les jeunes femmes, dans le château de Dracula. Il peut varier de taille – nous avons nous-mêmes vu◂ miss Lucy, avant qu'elle n'eût trouvé la paix éternelle, passer par une minuscule fente de son tombeau. Quand il cherche son chemin, il peut sortir de n'importe quoi, entrer n'importe où, quelque hermétique que soit l'ouverture qui lui fait obstacle. Enfin, il peut voir dans le noir – une puissance d'importance dans le monde presque sans lumière qu'est le sien. Mais écoutez-moi jusqu'au bout. Tout ce que je vous ai décrit, il le peut mais pas à sa guise. Il est en fin de compte plus prisonnier que l'esclave enchaîné à sa rame, que le dément dans sa cellule. Il ne peut aller où il en a envie – lui, un être hors de toute nature, doit pourtant obéir à certaines lois naturelles. Pourquoi, je ne le sais. Il ne peut entrer spontanément quelque part : quelqu'un doit en effet l'inviter à pénétrer dans la maison. Dans la suite, nul ne pourra plus l'empêcher d'entrer. Ses puissances cessent – comme cessent toutes les forces du mal – au commencement du jour. Il jouit donc d'une certaine liberté, mais à des époques limitées. S'il n'est pas à l'endroit auquel il doit demeurer, il ne peut le regagner qu'à midi, ou bien au moment précis de l'aurore ou du crépuscule. La tradition nous garantit cela et, d'ailleurs, les documents en notre possession le soulignent◂. Ainsi donc, alors qu'il

---

1. Allusion au *Demeter*, le navire russe dont Dracula a pris le contrôle pour gagner l'Angleterre. Il en a décimé tout l'équipage.

peut agir comme bon lui semble dans ses limites d'action, par exemple quand il se trouve chez lui […], il est tout aussi prisonnier de certaines périodes. Il ne peut par exemple se déplacer qu'à certains moments. On prétend aussi qu'il ne peut franchir une surface liquide qu'à marée basse ou par mer étale[1]. De plus, certains éléments l'indisposent au point de lui arracher tout pouvoir – comme l'ail, nous le savons, ou les symboles sacrés, tel mon crucifix, que j'ai toujours emporté quand nous allions l'affronter. Voilà qui le rend inoffensif. Il existe d'autres objets encore, que je dois vous enseigner, au cas où vous en auriez besoin. Une branche de rosier sauvage posée sur son cercueil lui interdit de quitter sa tombe ; une balle bénite tirée dans son cercueil le tuerait véritablement. Quant au pieu passé au travers du cœur, nous connaissons ses vertus libératrices. Il en va de même pour la décapitation, comme nous l'avons constaté de nos propres yeux. Ainsi donc, dès que nous aurons découvert l'habitation de ce monstre, il nous sera possible de l'immobiliser dans son cercueil et de le détruire, à seule condition d'obéir à ce que nous connaissons. Mais l'adversaire est intelligent ! J'ai demandé à mon ami Arminius, de l'université de Budapest◂, de me faire un compte rendu concernant la personnalité de Dracula. Je l'ai reçu récemment. Notre ennemi doit être, sans doute, le voïvode[2] Dracula qui a gagné son surnom pendant la guerre contre les Turcs qu'il alla porter de l'autre côté du grand fleuve, sur le territoire turc lui-même. Si telle est la vérité, Dracula n'est vraiment pas un homme ordinaire car, à cette époque, et même des siècles plus tard, on l'a considéré comme un homme supérieurement intelligent, rusé, comme le plus vaillant des fils habitant le pays "par-delà la forêt"[3]. Cet

1. ***Étale*** : immobile.
2. ***Voïvode*** : gouverneur militaire.
3. ***Le pays "par-delà la forêt"*** : la Transylvanie, région d'origine de Dracula et foyer du mythe du vampire.

esprit supérieur et cette résolution que rien ne peut ébranler, il les a emmenés dans la tombe – et peut maintenant les exercer contre nous. »

Dracula, trad. Jacques Finné, © Librairie des Champs-Élysées, 1979, rééd. Flammarion, coll. « Étonnants Classiques », 2004, p. 155-160.

1. À l'aide d'un dictionnaire, recherchez l'étymologie des mots « nosferatu » et « nécromancie ».

2. « D'ailleurs » ; « aussi » ; « à présent » ; « *in fine* » ; « en tout cas » ; « mieux » ; « mais » ; « autre détail » ; « ainsi donc » ; « de plus » ; « enfin »... : recherchez ces mots et expressions dans le texte, observez la place qu'ils occupent dans les phrases. À quoi servent-ils ?

3. « Examinons » : pourquoi Van Helsing emploie-t-il la première personne du pluriel ?

4. « [...] il ne projette pas d'ombre » : pourquoi est-il intéressant que Jonathan ait observé ce phénomène ? Relevez d'autres passages où Van Helsing s'appuie sur l'expérience de Jonathan.

5. « [...] nous avons nous-mêmes vu » : en quoi est-ce un argument ?

6. « Comment alors pourrons-nous le détruire à jamais ? » : Van Helsing attend-il vraiment une réponse à sa question ?

7. « La tradition nous garantit cela et, d'ailleurs, les documents en notre possession le soulignent. » À quoi servent la tradition et les documents dans le discours de Van Helsing ?

8. « Arminius, de l'université de Budapest » : quel semble être le métier d'Arminius ? En quoi cela renforce-t-il la thèse de Van Helsing ?

Sujet d'écriture

À votre tour, rédigez un texte explicatif précis et détaillé à propos d'une créature imaginaire ou étonnante (loup-garou, fantôme, sorcière, habitant d'une autre planète, membre d'une espèce animale rare ou disparue...).
Inspirez-vous du discours du professeur Van Helsing pour donner à votre texte l'apparence d'un exposé d'expert (vocabulaire spécialisé

et recours à l'étymologie ; références à des sources autorisées ; comparaisons explicatives ; emploi des mots de liaison pour souligner les articulations de votre texte...).

Rendez votre exposé vivant par l'emploi de questions rhétoriques, c'est-à-dire qui n'appellent pas de réponse mais permettent d'interpeller votre auditoire.

Vous pourrez lire votre travail à la classe et le soumettre à l'appréciation des autres élèves ; vous leur donnerez alors les explications complémentaires qu'ils réclameront : n'hésitez pas à effectuer des recherches approfondies (vous devez être incollable sur votre sujet !).

Dernières parutions

ALAIN-FOURNIER
Le Grand Meaulnes

ANOUILH
La Grotte

ASIMOV
Le Club des Veufs noirs

BALZAC
Le Père Goriot

BAUDELAIRE
Les Fleurs du mal – *Nouvelle édition*

BAUM (L. FRANK)
Le Magicien d'Oz

BEAUMARCHAIS
Le Mariage de Figaro

BELLAY (DU)
Les Regrets

BORDAGE (PIERRE)
Nouvelle vie™ et autres récits

CARRIÈRE (JEAN-CLAUDE)
La Controverse de Valladolid

CATHRINE (ARNAUD)
Les Yeux secs

CERVANTÈS
Don Quichotte

« C'EST À CE PRIX QUE VOUS MANGEZ DU SUCRE... » Les discours sur l'esclavage d'Aristote à Césaire

CHEDID (ANDRÉE)
Le Message
Le Sixième Jour

CHRÉTIEN DE TROYES
Lancelot ou le Chevalier de la charrette
Perceval ou le Conte du graal
Yvain ou le Chevalier au lion

CLAUDEL (PHILIPPE)
Les Confidents et autres nouvelles

COLETTE
Le Blé en herbe

COLIN (FABRICE)
Projet oXatan

CONTES DE SORCIÈRES
Anthologie

CONTES DE VAMPIRES
Anthologie

CORNEILLE
Le Cid – *Nouvelle édition*

DIDEROT
Entretien d'un père avec ses enfants

DUMAS
Pauline
Robin des bois

FENWICK (JEAN-NOËL)
Les Palmes de M. Schutz

FEYDEAU
Un fil à la patte

FEYDEAU-LABICHE
Deux courtes pièces autour du mariage

GARCIN (CHRISTIAN)
Vies volées

GRUMBERG (JEAN-CLAUDE)
L'Atelier
Zone libre

HIGGINS (COLIN)
Harold et Maude – *Adaptation de Jean-Claude Carrière*

HOBB (ROBIN)
Retour au pays

HUGO
L'Intervention, *suivie de* La Grand'mère
Les Misérables – *Nouvelle édition*

JONQUET (THIERRY)
La Vigie

KAPUŚCIŃSKI
Autoportrait d'un reporter

KRESSMANN TAYLOR
Inconnu à cette adresse

LA FONTAINE
Fables – *lycée*
Le Corbeau et le Renard et autres fables – *collège*

LAROUI (FOUAD)
L'Oued et le Consul et autres nouvelles

LEBLANC
L'Aiguille creuse

LONDON (JACK)
L'Appel de la forêt

MARIVAUX
La Double Inconstance
L'Île des esclaves
Le Jeu de l'amour et du hasard

MAUPASSANT
Le Horla
Le Papa de Simon
Toine et autres contes normands
Une partie de campagne et autres nouvelles au bord de l'eau
Bel-Ami

MÉRIMÉE
La Vénus d'Ille – *Nouvelle édition*

MIANO (LÉONORA)
Afropean Soul et autres nouvelles

MOLIÈRE
L'Amour médecin. Le Sicilien ou l'Amour peintre
L'Avare – *Nouvelle édition*
Le Bourgeois gentilhomme – *Nouvelle édition*
Dom Juan
Les Fourberies de Scapin – *Nouvelle édition*
Le Médecin malgré lui – *Nouvelle édition*
Le Médecin volant. La Jalousie du Barbouillé
Le Misanthrope
Le Tartuffe
Le Malade imaginaire – *Nouvelle édition*

MONTAIGNE
Essais

NOUVELLES FANTASTIQUES 2
Je suis d'ailleurs et autres récits

PERRAULT
Contes – *Nouvelle édition*

PRÉVOST
Manon Lescaut

RACINE
Phèdre
Andromaque

RADIGUET
Le Diable au corps

RÉCITS POUR AUJOURD'HUI
17 fables et apologues contemporains

RIMBAUD
Poésies

LE ROMAN DE RENART – *Nouvelle édition*

ROUSSEAU
Les Confessions

SALM (CONSTANCE DE)
Vingt-quatre heures d'une femme sensible

SCÈNES DE LA VIE CONJUGALE
Le couple au théâtre, de Shakespeare à Yasmina Reza

STENDHAL
L'Abbesse de Castro

STOKER
Dracula

LES TEXTES FONDATEURS
Anthologie

TRISTAN ET ISEUT

TROIS CONTES PHILOSOPHIQUES
(Diderot, Saint-Lambert, Voltaire)

VERLAINE
Fêtes galantes, Romances sans paroles *précédées de* Poèmes saturniens

VERNE
Un hivernage dans les glaces

VOLTAIRE
Candide – *Nouvelle édition*

WESTLAKE (DONALD)
Le Couperet

ZOLA
Comment on meurt
Jacques Damour
Thérèse Raquin

ZWEIG
Le Joueur d'échecs

Création maquette intérieure :
Sarbacane Design.

N° d'édition : L.01EHRN000389.C003
Dépôt légal : juin 2013